KB273934

연민에
관하여

연민에 관하여

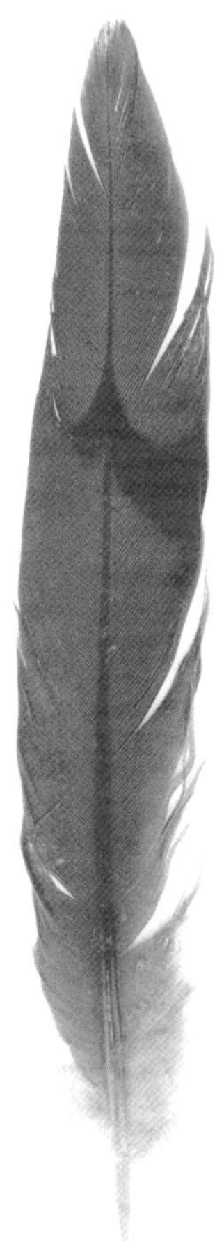

세상에서
가장 친절한 판사
프랭크 카프리오
이야기

프랭크 카프리오 지음
이혜진 옮김

포레스트북스

| 일러두기 |

이 책에 등장하는 사건과 장소, 대화는 모두 사실에 근거하고 있으나, 저자의 기억을 바탕으로
재구성되었습니다. 다만 이야기의 본질과 그 안에 담긴 감정과 정서는 가능한 한 사실에 충실하
게 담고자 했습니다. 일부 인물의 사생활 보호를 위해 이름과 인물, 기관, 장소 등은 변경되었을
수 있습니다.

내 법복 아래에는
판사의 배지가 아니라 인간의 마음이 있다.

판사의 특권은
악인을 정죄하는 데 있지 않다

- 부산지방법원 부장판사 박주영

자살하려던 청년과 노숙자에게 책과 돈을 주고, 전세 사기 피해자에게 위로의 편지를 건넨 일로 화제가 된 적이 있다. 연민은 타고나는 것이 아니라 배우는 것이고, 연민을 실천하기에 늦은 때는 없다는 프랭크 카프리오 판사님의 영향이 컸음을 이제야 밝힌다.

판사의 특권은 악인을 정죄하는 데 있다고 믿는 판사들에게 가장 먼저 이 책을 권한다. 판사의 특권은 믿을 수 없이 힘겨운 삶을 살아온 사람을 만나고 때로는 그들을 도울 기회가 있다는 데 있음을 깨닫게 될 것이다.

눈에 불을 켜고 사건을 처리하면서도 사람은 안중에 없는 이들에게 이 책을 권한다. 사람은 사건에 딸려 처리되는 존재가 아니며, 인간에 대한 존중과 이해가 담기지 않는 한, 사건은 가도 사람은 영구미제로 남게 됨을 알게 될 것이다.

사람은 고쳐 쓸 수 없다고 믿는 사람들에게 이 책을 권한다. 타인의 아픔에 귀 기울여주는 단 한 사람의 진심이 어떻게 한 영혼을 깨우고 세상을 따뜻하게 변화시키는지, 그 위대한 모습을 만날 수 있을 것이다.

하늘이 두 쪽 나도 바로 세워야 할 정의의 본질은 냉혹한 것이라 믿는 이들에게 이 책을 권한다. 정의의 완성은 엄벌이 아니라, 무너진 한 사람의 존엄을 회복시켜 다시 걷게 하는 데 있으며, 진정한 정의는 차갑지 않고 따뜻하다는 사실을 똑똑히 볼 것이다.

무정한 세상에 실망하고 비통한 심정으로 낙조를 바라보는 모든 사람에게 이 책을 권한다. 진심 어린 공감과 연민을 간직할 수 있다면, 세상은 절대 호락호락 무너지지 않음을 절실히 느낄 것이다.

· 차례 ·

❧ 1부 ❧
·
나를 만든 것

3부
·
존중

타인을 연민하고
존중하며 이해한다는 것

나는 평생 교사, 변호사, 시의원, 레스토랑 경영자, 권투 프로모터 등 여러 일을 해왔다. 그중 나를 가장 행복하게 했던 직업은 판사였다. 판사석에 앉아 판결을 내리는 것은 내게 일이 아니었다. 오히려 명예였다. 나는 판사가 된 날부터 지금까지 한결같이 그 명예를 소중히 여겼다.

하지만 '판사'라는 직함이 편하게 느껴진 적은 없었다. '판사'라고 하면 검은 법복을 입고 높은 자리에 앉아 다른 사람들을 내려다보고 법봉을 땅땅 내리치며 앞에 선 사람에게 어떤 판결이든 내리는 사람이 떠오른다. 하지만 나는 내 역할이 유죄와 무죄를 판결하는 것이라고 생각한 적이 없었다. 항상 사람들을 있는 그대로 보려 했고, 그들에 대해 그리고 그들을 이 법정으로 데려온 사건들에 대해 알게 된 사실 전부에 기반해 판결을 내리려 했다. 그리고 그들이 법정을 나선 후에 앞으로 나아가게 해줄 가장 좋은 방법이 무엇일지도 고려했다.

나는 38년 동안 프로비던스 지방법원의 판사로 재직하는 명예를 누렸다. 주로 교통과 주차 위반 및 시 조례 위반 그리고 기타 경범죄 사건을 심리했다. 내 법정에 선 수천 명의 사람들은 연령대도, 분야도, 계층도 다양했다. 물론 그들의 인생 경험 또한 가지각색이었다.

내 앞에 선 사람들은 남녀를 가리지 않고, 대부분 영어가 서툴거나 전혀 하지 못하는 이민자와 1세대 이주민들이었다. 대개 낮은 임금으로 생계를 꾸려가는 워킹푸어(working poor, 근로빈곤층)였다. 어린 자녀가 있는 사람이 많았고, 학생도 몇몇 있었다. 피고인들은 보통 가족이나 친구들과 함께 왔는데, 때로는 전 남편이나 전처, 아버지, 당시 수감 중인 누군가처럼 그 자리에 없는 사람이 가장 눈에 띌 때도 있었다.

피고인 대부분은 법정에서 내 앞에 설 때, 처음으로 사법제도 및 미국의 법률제도를 접한다. 많은 이들이 정부를 신뢰할 수 없는 곳에서 왔고, 개인 사정을 전혀 참작하지 않고 엄벌하는 법에 익숙했다. 일반적으로, 대부분의 사람은 판사를 비롯해 어떤 정부 기관과도 마주할 일이 없기를 바란다. 그럴 만도 하다. 차량등록사업소에서 긴 줄을 기다리거나, 관공서에 전화 연결이 되기까지 한참 걸리거나, 아이가 응급실에 있는데 병원 앞에서 발부된 주차 위반 딱지 때문에 판사를 봐야 하는 걸 좋아할 사람은 없을 테니 말이다.

만약 엄밀한 의미의 법만을 토대로 판결을 내려야 했다면 나는 아마도 판사로 재직한 38년 동안 더 가혹한 정의를 실행했을 것이다. 하지만 내 사법적, 개인적 철학은 간단하다. 모두를 친절과 배려, 존중으로 대하는 것이다.

내 법정에서 우리는 누구도 수치심을 느끼지 않도록 무척 애썼다. 모두를 존중했고 그들의 상황에 공감하고 연민을 느꼈다. 특정 사건에서 무슨 일이 일어났는지뿐 아니라 왜 그 사람이 결국 법정에 서는 선택을 하게 됐는지 이해하려 최선을 다했다. 나는 종종 재판을 시작하면서 피고인에게 어떻게 지내냐고 물었다. 그 답은 재미있을 때도, 염려될 때도 있었지만, 가슴이 미어질 때가 무척 많았다.

내 법정에 오는 사람 중에는 선한 사람도, 악한 사람도 있었고, 앞으로 어떻게 살아갈지 선택해야만 하는 사람도 있었다. 피고인이 정직한 태도로 가족을 부양하거나 더 나은 사람이 되기 위해 열심히 일하고 있다는 걸 보여주기만 하면 나는 종종 공소를 기각하거나 범칙금을 낮춰주었다. 내 앞에서는 변명하고, 거짓말하고, 자신을 상황이나 불운의 희생자로 여기는 것보다 책임을 지고, 자신의 실수를 인정하고, 때로는 가까운 사람들에 대해 어려운 결정을 내리는 것이 훨씬 유리했다.

모두가 마땅히 존중받아야 하고, 이해받기를 바라며, 연민을 필요로 한다. 나는 내 법정에서 모두를 존중하고 이해하고 연민했다. 타인에게 도움이 되는 방식으로 법을 집행하려 힘썼다. 타인을 도움으로써 우리는 그들이 자신의 삶에서, 그리고 가능하다면 다른 사람들의 삶에서도 마찬가지로 누군가를 돕도록 가르쳐줄 수 있다. 이렇게 사소한 선행이 무수히 쌓여 더 좋은 세상을 만드는 데 일조하는 것이 내 바람이다.

나는 이런 말을 자주 한다. "내 법복 아래에는 판사의 배지가 아니라 인간의 마음이 있다."

나는 판사지만 신앙인이기도 해서 결국엔 우리가 모두 심판받을 것이라고 믿는다. 그 순간에는 우리가 얼마나 많이 가졌느냐가 아니라 얼마나 많이 주었느냐가 심판의 기준이 될 것이다. 우리가 자신의 꿈을 얼마나 실현했느냐가 아니라 타인의 꿈을 얼마나 실현해 주었느냐가 심판의 기준이 될 것이다. 결국 우리가 어떤 심판을 받게 될지는, 절망에 빠진 사람들에게 얼마나 희망을 건넸는지와 우리가 만난 사람들의 삶에 얼마나 큰 변화를 만들어 냈는지에 달려 있을 것이다.

내 법정에 들어오는 사람들은 모두 실제 인물이었고, 그들이 마주한 문제와 어려움도 현실이었다. 정보 제공과 교육 목적으로 법정에서 영상을 촬영하기 시작했지만, 카메라 앞에서 연기하거나 무언가를 보여주려고 한 적은 없었다. 그저 나와 내 가족의 인생 경험을 참고해 이해심과 연민을 갖고 판사의 직무를 다하고 진심을 담아 말했다.

수백만 명의 사람들이 텔레비전에서 혹은 여러 플랫폼을 통해 우리 법정의 재판을 보았다. 무척 감사한 일이다. 재판을 본 사람들이 더 좋은 사람이 되고 싶다고 느꼈다면 더 바랄 것이 없겠다.

❖ ❖ ❖

법정에서 놀라운 사람을 많이 만났다. 이 책에서 이들의 이야기를 하려 한다. 사건 자체는 법학 학술지나 대법원에서 관심을 가질 만한 대단한 사건이 아니다. 엄청나거나 심각한 범죄가 아니라 그저 교통 법규 및 주차 위반 사건들이다. 대부분의 경우 나는 피고인과 몇 시간을 함께하는 게 아니라 고작 몇 분을 함께 할 뿐이다. 그리고 몇몇 예외를 제외하면 피고인을 다시 볼 일은 없었다. 하지만 그들을 법정으로 데려온 상황은 현실에서 누구나 겪을 수 있는 문제이기에 우리 모두 이들의 사건에서 무언가 배울 점이 있을 것이다.

나는 자신과 타인을 연민하고, 존중하고, 이해하는 것이 일에서도 삶에서도 더 긍정적인 결과를 가져올 수 있다는 것을 보여주고 싶다.

이 책에서 자주 언급되는 공감과 연민은 비슷하지만 같지는 않다. 간단히 말하자면 공감은 타인의 고통을 느끼는 것이고, 연민은 우리가 타인을 돕게 하는 원동력이다.

존중은 여러 형태로 나타난다. 존중을 할 수도, 받을 수도 있고, 종종 존중을 얻어내야 할 때도 있다. 타인에 대한 존중과 자기 존중 사이에도 차이가 있다. 둘 다 중요하므로 모두 다룰 것이다.

마지막으로 이 책에서 말하는 이해는 자신이 처한 상황과 자기 자신을 이해해 자신에게도 타인에게도 올바른 결정을 내릴 수 있게 되는 것을 의미한다.

연민, 존중, 이해가 합쳐지면 강력한 힘을 발휘하고 인생을 바꿀 성공과 행복의 비결이 된다. 어떤 이들은 이런 특성을 타고난다. 반면 어떤 이들은 이를 실천하는 데 시간과 노력이 필요할 수 있다. 나는 이런 이상을 실천으로, 다짐을 습관으로 바꾸기 위해 대개 먼저 다른 사람의 입장에서 생각해 보고 그런 다음 그 사람의 상황을 가족, 친척, 친구, 동업자, 내 법정에 선 사람들의 경험에 비추어 이해한다. 그리고 나는 정말로 경험이 풍부하다. 결국, 인생을 바꿀 성공과 행복의 비결은 뜬금없이 나타나는 것이 아니다.

그러므로 소송 사건을 살펴보기 전에 나에 관해, 이탈리아에서 이민 온 우리 대가족과 나의 서사에 관해 먼저 이야기하려 한다. 이 모든 이야기를 통해, 그것들이 어떻게 지금의 나와 내가 소중히 여기는 가치를 형성했는지, 또 그 가치가 내가 맡는 사건의 판결에 어떤 영향을 주었는지를 보게 될 것이다. 그리고 연민, 존중, 이해를 바탕으로 판결하는 일이 어떻게 시너지를 내고, 누군가의 인생을 어떻게 바꿀 수 있는지도 알게 될 것이다.

연민에 관하여

1부

·

나를 만든 것

테아노에서
프로비던스까지

최근 이탈리아 남부의 작은 마을 테아노를 방문해 아버지의 출생신고서를 찾았다. 이 신고서에 따르면 내 할아버지 안토니오 카프리오 시니어는 문맹이었다. 다음은 이탈리아어로 쓰인 원본을 옮긴 것이다.

1908년 9월 25일 오전 8시, 시청에서 테아노 자치시의 시장이자 행정 책임자이고 법률가인 본인 카르미네 레오나르도 앞에 나이는 30세, 직업은 "일용직(일당을 받는 농부)"인 테아노 주민 안토니오 카프리오가 찾아왔다. 그는 이달(9월) 24일 오후 7시에 "비코 프리모 에 미켈레"에 위치한 번지수가 없는 집에서 동거인인 아내 카롤리나 피에트로파올로가 남자아이를 낳았다고 신고하고, 안토니오라고 이름 붙인 아이를 보여주었다.

테아노 주민인 26세의 공장 노동자 코시모 질렐라와 40세의 제빵사 주세페 글리오토네가 증인으로 동행했다.

나는 참석한 이들에게 상기 문서를 읽어주었다. 신고인과 증인들이 모두 문맹이어서 내가 그들을 대신해 서명한다.

할아버지 안토니오와 증인인 두 친구는 자기 이름을 읽을 줄도 쓸 줄도 몰랐다. 출생신고를 마친 후 세 사람은 아버지 안토니오 주니어를 데리고 흙바닥에 창문은 하나뿐인 단칸방으로 돌아왔다. 아버지가 태어나기 전까지 안토니오와 카롤리나 카프리오 부부가 네 아이와 함께 살아온 집이었다. 카프리오 가족은 이후 미국으로 이주했지만, 이 집은 아직도 테아노에 남아 있다. 여전히 흙바닥에 보잘것없는 작은 건물이다. 이 좁은 데서 일곱 식구가 살았다는 게 상상이 가지 않는다.

1910년 할아버지 안토니오는 테아노에 아내와 어린 자식들을 남겨두고 홀로 나폴리에서 출발해 미국으로 향했다. 미국에서 가족이 더 나은 생활을 누리게 해주기 위해서였다. 그로부터 2년 뒤인 1912년 5월 31일, 할머니 카롤리나는 맏아들 루이지와 막내 아들 안토니오 주니어를 데리고 대양 여객선 베네치아호에 올라 로드아일랜드의 프로비던스로 향했다. 이후 테아노에 남아 있던 세 아이도 프로비던스로 와서 온 가족이 다시 모였다. 조부모님은 미국에서 다섯 아이를 더 낳았다. 이렇게 두 부부와 10명의 아이로 이루어진 가족은 프로비던스의 이탈리아인 거주 지역인 페더럴힐의 다세대주택에 끼여 살았다.

❖ ❖ ❖

페더럴힐은 1788년 처음 개발되었다. 아모스 앳웰을 비롯한 사업가들이 이 지역을 시가지로 바꾸기 시작하면서 상점가와 주택을 지었다. 같은 해 13개 주 중 9개 주의 찬성으로 미국 연방 헌법이 비준되자, 연방제 지지자들이 이 언덕에 모여 축하했다. 그런데 반연방주의자들이 여럿 몰려와 방해하면서 축하 행사는 아수라장이 되었다. 이 사건은 로드아일랜드가 가장 먼저 독립을 선언했지만 헌법 비준은 가장 늦었던 이유를 보여준다. 2년 후인 1790년, 로드아일랜드가 마침내 연합에 합류했을 때, 페더럴힐이라 불리게 된 그 언덕에서 또 한번 축하 행사가 열렸다.

19세기 내내 프로비던스의 이민자는 대부분 아일랜드인이었다. 특히 1845년에 시작된 아일랜드 대기근 이후, 그 수가 더 많아져서 1885년에는 아일랜드계 미국인이 프로비던스 인구의 56퍼센트를 차지했다. 아일랜드 이민자들이 계속 밀려오면서 페더럴힐에 대개 부실하고 값싼 노동자 주택들이 생겨났다.

1880년대부터는 이탈리아에서 거대한 이민 물결이 몰려왔다. 1885년부터 1920년 사이에 약 500만 명의 이탈리아인이 미국으로 이주해 온 것으로 추정된다. 그중 5만 5000명 정도가 파브르라는 프랑스 해운 회사의 여객선을 타고 프로비던스로 왔다. 조부모님이 타고 온 베네치아호도 그중 하나였다.

이 시기에 왜 그렇게 많은 이탈리아인이 조국을 떠났을까? 19세기 중반 비토리오 에마누엘레 2세는 이탈리아 북부를 통일했고, 이어서 남부 지방의 지배권까지 손에 넣어 이탈리아 통일을 완수하려 했다. 1860년 10월 26일 그는 테아노에서 이탈리아의 혁명가 주세페 가리발디를 만나 그가 장악한 나폴리와 시칠리아를 넘겨받았고, 통일 이탈리아 왕국의 초대 국왕이 되었다. 하지만 주로 농업에 의존했던 이탈리아 남부는 통일 이후에도 봉건적 지주제와 부패하고 무능한 정부 탓에 계속 허덕였다. 일자리는 드물었고 보수는 적었으며 생활이 나아질 여지가 없었다. 이런 요인들 때문에 남부 이탈리아인 다수가 모든 것을 감수하고 거대한 1차 이민 물결에 합류했다.

물론 이민자 모두에게 입국이 허가되지는 않았다. 신체적 혹은 정신적 질병의 징후를 사유로 이민 희망자를 본국으로 돌려보낼 수 있었다. 그런데 흥미롭게도 이탈리아 이민자에게는 특별한 규칙이 적용되었다. 이민국 직원들은 이민자가 비이성적이거나 다혈질적인 행동을 보이면 입국을 거부해야 한다는 지시를 받았는데, 이탈리아인은 예외였다. 이탈리아인의 경우 이런 행동이 민족의 특성으로 여겨졌던 것이다!

이탈리아에서 오는 여객선이 워낙 많다 보니 항구에 이민자들을 맞이하러 이탈리아 가톨릭교회 교구민과 이민자 복지단체 회원들, 그리고 친척들이 나오는 경우가 많았다. 고향 사람이 있는지, 그들이 머물 곳이 필요한지 알아보러 나오는 이주민도 많았다. 우리 할머니도 그랬다.

프로비던스 항구로 들어온 이민자 중 많은 이들이 프로비던스강 건너편에 있지만 도시 중심부와 가까운 거리에 있는 페더럴힐에 집을 구했다. 페더럴힐에 있는 다세대주택은 엘리베이터가 없는 3층 또는 4층 건물로 한 층에 한 가구가 살게 되어 있었지만, 곧 이탈리아에서 온 다른 가족과 이웃들로 붐볐고, 때로는 한 층에 여러 가구가 살기도 했다.

당시에는 아일랜드 이민자가 일자리를 얻기 유리했다. 프로비던스에 온 지 더 오래됐고 영어를 할 줄 알았기 때문이다. 프로비던스의 거리 이름도 매커보이, 존스, 브래드퍼드처럼 전부 영국식 아니면 아일랜드식이었다. 그러다 아일랜드인들이 더 좋은 일자리를 얻어 다른 동네로 옮겨가고 이탈리아 이민자들이 들어오면서 페더럴힐은 프로비던스의 이탈리아인 거주 지역이 되었다.

당시 일자리를 찾다 보면 '남유럽인 사절'이나 '이탈리아인 사절'이라는 이탈리아인 차별 문구가 적힌 표지판을 흔히 볼 수 있었다. 하지만 그것 때문에 싸움이 일어나지는 않았다. 항의도, 뉴스 보도도, 조직적인 시위나 소송도 없었다. 다들 그냥 그러려니 했다.

할아버지 안토니오 시니어는 영어가 서툴러서 일자리를 구할 수 없었다. 그래서 거리에서 수레에 담은 과일을 팔았다. 종종 해뜨기 전에 시작되는 고된 하루 일을 마치고 나면 할아버지는 친구들과 단골 술집에 모여 집에서 직접 담근 포도주를 마시곤 했다. 할아버지 친구들은 모두 이탈리아 이민자들이었고 대부분 할아버지처럼 수레를 끌고 다니며 장사하는 행상인들이었다. 그러다 한번은 소동이 벌어졌다.

할머니 카롤리나가 집에 있는데 이웃이 찾아왔다. "남편분이 감옥에 산혔어요. 체포됐어요."

할아버지보다도 영어가 서툴렀던 할머니는 어쩔 줄 몰라 하며 최악의 상황을 상상했다. 미국 사법제도를 잘 몰랐던 할머니는 할아버지가 장기 징역형을 받을 것이라고 생각했다. 이웃은 다음 날 아침 법정에 가보라고 말해주었다. 당시 나의 아버지는 어렸지만 영어를 할 줄 알았기에, 할머니는 아버지에게 법정에 같이 가서 통역을 해달라고 했다.

"아버지가 법정에 서실 거야. 체포되셨어." 할머니는 설명했다. "지금 감옥에 계셔."

할머니는 할아버지를 빼내려면 어마어마한 범칙금을 물어야 할 거라고 생각했다. 이탈리아에서는 그랬기 때문이다. 얼마나 많은 돈이 필요한지는 알 수 없었지만 지금 가진 돈으로는 어림도 없다는 건 분명했다.

나는 당시 할머니가 느꼈을 두려움과 절망을 가늠할 수조차 없다. 딸린 자식이 열이나 되는데, 남편이 감옥에 갇혀 가족을 부양할 수 없게 될지 모르는 상황이었다. 할아버지가 감옥에 가면 할머니의 생활은 걷잡을 수 없이 무너질 게 분명했다. 재앙이었고, 비극이었다.

할머니는 아는 과일 행상들을 전부 찾아가 상황을 설명하고 돈을 빌려달라고 부탁했다. 남편을 감옥에서 꺼내려면 돈이 필요하다고 이탈리아어로 간청하고 애걸했다.

다들 여윳돈이 없는데도 그나마 수중에 있는 돈을 할머니에게 빌려주었다. 할머니는 이렇게 빌린 돈으로 할아버지를 빼낼 수 있기를 바랐다.

다음 날 아침에는 날이 무척 추웠다. 할머니는 옷을 세 겹이나 껴입고, 가장 안쪽에 빌린 돈을 넣어두었다.

할머니와 아버지는 법정까지 걸어갔다. 법정은 페더럴힐에 있는 집에서 그리 멀지 않았다. 수심이 가득한 할머니는 불안에 떨고 있었다. 법정이나 법원에 오는 게 처음이라 뭐가 어떻게 돌아가는지 도통 알 수 없었다. 할머니에게는 법정이 다른 행성으로 느껴질 만큼 낯설었다.

할머니와 아버지가 법정에서 기다리고 있는데 법원 직원이 감방에 있던 할아버지를 데려왔다. 할아버지의 몰골은 말이 아니었다. 머리는 산발에다 면도도 안 되어 있고 옷은 구겨져 있었다. 한숨도 못 잔 듯 얼굴이 초췌했다. 할아버지는 집행관에 이끌려 피고석에 앉았다.

법정의 모든 것이 위협적이었다. 높이 자리한 판사석에 앉아 있는 판사, 총을 소지한 집행관, 미국 국기, 로드아일랜드주의 인장, 오크나무판으로 장식된 법정, 법정의 규칙. 그 모든 게 할머니에게는 너무도 낯설었다.

할머니는 최악의 상황밖에 떠오르지 않았다. 할머니는 이탈리아어로 아버지에게 할아버지 순서가 되면 우리가 여기 있다고, 데려갈 돈을 낼 수 있다고 말하라고 속삭였다. 아버지는 알았다며 고개를 끄덕였다.

판사가 법정으로 들어왔다. 키가 크고 얼굴이 불그스름했다. 아버지는 그가 '키 큰 백발의 아일랜드인'이었다고 회상했다. 이탈리아 이민자에게는 최악의 판사로 보였다(당시 아일랜드계와 이탈리아계 이민자들은 서로 사이가 좋지 않았다 - 옮긴이).

불안이 극에 달해 더는 참을 수 없었던 할머니는 벌떡 일어서서 아버지가 무어라 말을 시작하기도 전에 서툰 영어로 떠듬떠듬 외쳤다. "판사님! 판사님! 제발, 제발, 판사님! 안 돼요, 감옥! 제발, 안 돼요, 감옥!" 할머니는 품에 넣어둔 돈다발을 꺼내며 말했다. "돈 있어요! 내요! 제발, 안 돼요, 감옥!"

이때 아버지는 판사가 할머니도 체포할까 봐 두려웠다고 한다. 판사는 아버지를 보고 영어를 할 수 있는지, 자기가 하는 말을 이탈리아어로 통역해 줄 수 있는지 물었다. 아버지는 그렇다고 대답했다.

판사는 말했다. "어머니께 전해드려라. 아버지는 가족을 부양하려 열심히 일하는 좋은 사람이고 어젯밤 안 좋은 일이 있었던 것뿐이라고. 가정에 아버지가 필요하다는 걸 안다. 그러니 아버지를 가족들에게로 보내드릴 거야. 어머니가 아버지에게 맛있는 식사를 해드렸으면 좋겠구나."

내가 이 말을 이탈리아어로 다 옮기기도 전에 할머니는 판사에게 말했다. "고마워요, 판사님! 고마워요, 판사님!" 할머니는 법정을 나서며 판사에게 손 키스를 보내기까지 했다.

판사는 놀라울 정도의 연민과 존중으로 할아버지와 할머니를 대했다. 그들이 이민자라거나, 가난하다거나, 자기는 아일랜드인인데 조부모님은 이탈리아인이라는 이유로 편견이나 편향을 갖지 않았고, 인간이라면 누구나 가지고 있는 사소한 결점을 잘 이해했다. 할아버지, 할머니와 아버지는 판사에게 큰 감명을 받았다.

그 단 한 번의 만남으로 아버지는 법과 미국의 사법제도를 존경하게 되었고, 그 존경심을 나도 물려받았다. 아버지는 내가 어릴 적 이 이야기를 자주 했다. 그 '키 큰 백발의 아일랜드인' 판사는 우리 가정에서는 성자나 마찬가지였다. 할아버지, 할머니, 아버지에게 최악의 경험이 될 수도 있었을 일이 해피엔딩으로 끝나게 해준 사람이었기 때문이다. 이 사건은 많은 면에서 후에 아버지가 나를 법조인으로 키우겠다고 생각하는 계기가 되었다.

그로부터 약 70년 후인 1985년, 기막힌 운명의 장난으로 나는 바로 할아버지가 섰던 그 법정, 프로비던스 지방법원의 판사로 취임했고, 이후 40여 년 동안 새로 유입된 이민자들에게 정의를 베풀게 되었다. 그 옛날 조부모님과 아버지가 법정에서 겪은 일이 내가 판사가 된 이유와 내 법정에서 정의를 실행하는 방식에 영향을 미쳤다.

판사석에 앉아 피고인을, 특히 두려움과 불안이 가득한 눈으로 내 앞에 선 이민자를 보면 할아버지와 할머니가 보였다.

나는 피고인 한 사람 한 사람을, 그 판사가 우리 할아버지와 할머니에게 보여주었던 연민과 존중, 그리고 이해로 대하고 싶었다.

❖ ❖ ❖

불행하게도 할아버지는 52세의 젊은 나이로 할머니와 자식 10명을 남겨두고 세상을 떠났다. 하지만 할머니는 강했고 절대 굴하지 않았다. 할아버지의 수레를 이어받아 거리에서 과일을 팔았고, 포도주를 담그는 철에는 포도도 팔았다. 자식들 모두가 할머니를 도왔다. 누구도 방과 후에 친구들과 놀거나 단체 활동에 참여할 수 없었다. 모두 할머니를 도와야 했다.

할머니와 할머니 세대의 이민자들은 자식들과 다음 세대 이탈리아계 이민자들이 자신들의 문화적 전통과 유산을 잊지 않았으면 했다. 그래서 주민 단체, 여성 단체들을 만들어 같은 지역, 때로는 같은 도시 사람들을 모아 전통적 가치를 지키는 동시에 복지 및 보건 서비스를 제공해 이민자들을 미국 사회에 통합시키는 역할을 했다.

페더럴힐에서 주민 단체들은 스프레이그하우스라 불리던 건물을 인수했고, 이후 그 건물은 페더럴힐하우스로 불렸다. 시간이 지나면서 페더럴힐하우스에는 배구장과 농구장을 비롯한 오락 시설, 의료서비스, 빈곤층을 위한 진료소, 수유실까지 마련되었다. 지금은 위치가 바뀌었지만, 페더럴힐하우스는 여전히 운영되고 있다.

그래도 지역사회에서 가장 중요한 중심지는 교회였다. 페더럴힐에는 이탈리아 교구가 둘 있었다. 성령 성당(Holy Ghost)과 가르멜산의 성모 성당(Our Lady of Mount Carmel)이었다. 우리 가족은 가르멜산의 성모 성당에 다녔는데, 여기서는 성직자들이 영어뿐 아니라 이탈리아어를 썼고 라틴어로 미사를 보았다.

작은삼촌이 어릴 적 심하게 아팠던 적이 있다. 그때 할머니는 마을의 수호성인인 성 안토니오와 성 파리스에게 아이를 살려달라고 기도했다. 작은삼촌이 건강해지자 할머니는 두 수호성인을 기리기로 다짐했다.

할머니는 직접 테아노부인회(La Societa Femina di Teano)라는 여성 지역단체를 만들었다. 회원들은 성 안토니오 축일인 6월 13일과 성 파리스 축일인 8월 5일에 프란치스코회 수도복을 입고 특별 제작한 부인회 깃발을 들고 행진하곤 했다.

부인회 회원 가운데 상당수는 영어로 말하거나 읽지 못했다. 대부분은 어떻게 미국 시민이 되는지 몰랐다. 마찬가지로 영어에 서툴렀던 할머니는 시민권 신청 절차를 이탈리아어로 설명해 주는 페디럴힐하우스로 이 여성들을 이끌었다.

할머니는 미국 시민권을 얻은 회원들에게 투표하라고 격려하곤 했다. 시간이 지나면서 테아노부인회는 큰 단체가 되었다. 그렇게 할머니는 페디럴힐에서 많은 표를 동원할 수 있었고, 프로비던스와 로드아일랜드에서 상당한 정치적 영향력을 가진 인물이 되었다. 할머니는 가정에 큰 영향을 미치는 여성이 정치에서도 영향력을 발휘할 수 있다고 생각했다. 대체로 테아노부인회 회원은 각각 가족 전체의 표를 특정 후보에게 몰아줄 수 있었다.

로드아일랜드 주지사였던 J. 하워드 맥그래스도 할머니를 특히 좋아했다. 맥그래스는 이후 법무부 차관, 상원의원을 거쳐 법무부 장관이 되었다. 장관이 된 후에도 여러 번 할머니를 저녁식사에 초대했고, 할머니가 아프실 때는 직접 병문안을 오기도 했다. 페더럴힐의 우리 집 앞에 미국 국기가 나부끼는 미국 법무부 장관의 공무차량이 서 있는 장면을 상상해 보라. 우리 동네에서는 아무도 본 적 없는 광경이었다. 사람들이 할머니에게 품은 애정과 존경을 보여주는 장면이었다.

나는 할머니에게 신의를 지킨 맥그래스 상원의원을 항상 존경했다. 그리고 그를 보면서 귀중한 정치적 교훈을 얻기도 했다. 그는 수십 년 후 토머스 오닐을 유명하게 만든 "모든 정치는 지역적이다"라는 말을 먼저 실천에 옮긴 사람이었다. 그는 미국 법무부 장관이 되어 국가적 문제와 미 법무부를 이끄는 일에 열과 성을 다하면서도 할머니의 친구로 남았다. 영어를 하지 못하는 이민자였고 재산도 없이 홀로 10명의 자식을 키워낸 할머니를, 그는 지역 공동체의 기둥으로 여기며 존중했다.

내가 법정에 서는 사람들의 곤경을 이해하는 것을 보고 '뿌리를 절대 잊지 않는다'고 한다. 사실 나는 이렇게 현실에 발 딛고 있는 것이 얼마나 중요한지를 J. 하워드 맥그래스와 할머니 같은 사람들에게서 배웠다.

조부모님과 부모님이 겪은 일을 아주 가까이에서 보고 들은 나는 이민자들에게 깊이 공감한다. 그리고 각자 고유의 문화적 유산을 가지고 있는 이민자들이 미국을 모든 면에서 더 풍요롭게 만든다고 늘 생각해 왔다.

나는 이탈리아인으로서의 뿌리를 자랑스러워하는 만큼 프로비던스와 로드아일랜드주가 피난처로 이름 높다는 사실에도 큰 자부심을 느낀다. 로드아일랜드의 옛 지도에는 피난처라는 뜻의 "refugio" 또는 "refuge"라는 글자가 쓰여 있었다. 로드아일랜드는 지금도 다양한 인종이 모여 더 풍요로운 곳이다. 이름이 오라일리든, 존슨이든, 로드리게스, 카프리오, 클라인, 콴, 모하메드든 상관없다. 우리 주, 우리 도시, 우리 법정은 모두를 환영한다.

판사로 재직한 40여 년 동안 법정에서 많은 이민자를 만났다. 젊은이도 노인도, 미혼자도 기혼자도, 아이가 있는 사람도 없는 사람도 있었다. 유럽뿐 아니라 남미나 중미에서 온 사람도 있었고, 시리아와 이라크 같은 중동 국가에서 온 사람도 있었다. 대단히 살아가기 힘겨운 곳에서 온 사람이 대다수였다. 그들은 열심히 일하는 성실한 사람들이었고, 다수는 자식들에게 더 나은 삶을 누리게 해주려는 헌신적인 부모였다. 그리고 모두 미국에 있는 것에 감사했다. 여기서 이 말을 다시 한번 강조하지 않을 수 없다. 너무나 중요하기 때문이다. 모두 미국에 있는 것에 감사했다. 미국에서 태어난 우리는 흔히 우리가 얼마나 운이 좋은지 깨닫지 못하고 당연하게 여긴다.

이민자 가정에서 태어난 나는 그들에게 동질감을 느낀다. 100년도 더 전에 조부모님과 부모님이 이탈리아에서 미국으로 이민을 결정한 덕분에 여기서 태어난 나는 얼마나 운이 좋은가.

마지막으로 우리 가족사와 관련된 재미있는 이야기로 이 장을 마무리하려 한다. 몇 년 전 나는 프로비던스의 한 은행장에게서 연락을 받았다. 그는 자유의 여신상 보수를 추진하는 위원회의 일원으로 내게 위원회에 들어와 기금 마련을 도와달라고 했고, 나는 그렇게 했다. 감사의 표시로 위원회에서는 나중에 자유의 여신상을 따로 구경시켜 주었다.

나는 절친한 친구 마크 와이너와 뉴욕에 도착해 보트를 타고 리버티섬으로 향했다. 리버티섬의 자유의 여신상은 무척 인상적이고 경이로웠다. 돌아오는 길에 엘리스섬에 들르겠냐는 질문을 받고 그러겠다고 했다. 엘리스섬에서의 경험이 너무 감동적이어서 프로비던스로 돌아가자마자 아버지에게 전화를 걸었다. 같이 점심을 먹으면서 오늘 겪은 일을 전부 이야기하고 싶다고 말했다.

식당에 자리 잡고 앉았을 때 나는 상당히 흥분해 있었다. 나는 말했다. "아버지, 엘리스섬에서 본 걸 말씀드릴게요." 도착장에 들어서니 예전의 입국심사대가 아직도 남아 있었다. 거기서 나는 심사대를 만져보고, 유리창을 만져봤다. 이민자 모두가 올라야 했던 거대한 계단에서는 천천히 다섯 계단을 올라가 양손으로 난간을 잡았다. 내려가면서는 계단 하나하나를 손으로 만져보았다. 감정이 북받치는 순간이었다. 여기까지 말하고 아버지에게 물었다. "아버지, 제가 왜 그랬는지 아세요?"

"글쎄다," 아버지는 답했다. "모르겠구나."

나는 시간을 거슬러 올라간 느낌이 들었다고 말했다. "거기에 아버지가 보였어요. 계단에서 아버지와 할머니의 발이, 난간에서 아버지와 할머니의 손가락이 생생하게 느껴졌어요. 난간에서 두 분의 지문이 하나하나 느껴졌고, 이 건물 안을 걸으면서 느꼈을 두려움과 흥분이 전해졌어요." 나는 식당 한가운데서 눈물을 쏟지 않으려 애썼다. "그래서 그랬던 거예요."

아버지는 떨리는 목소리로 말하는 나를 멍하니 보면서 난처해하셨다.

"프랭크." 아버지는 고개를 흔들고 숟가락을 수프 접시에 다시 내려놓으면서 말했다. "우리는 프로비던스로 들어왔단다."

아니, 뭐라고? 나는 프로비던스에도 이민자들이 들어오는 입국항이 있었다는 사실을 몰랐다. 하지만 정말로 있었다! 나는 그때까지 계속 우리 가족이 엘리스섬으로 미국에 들어왔다고 생각하고 있었다. 다시 한번 아버지에게서 내 뿌리를 더 알아보라는 숙제를 받았다.

알고 보니 프로비던스뿐 아니라 보스턴과 필라델피아 같은 동해안에도 입국항이 있었다. 엘리스섬은 여러 입국항 중 하나였을 뿐이었다.

요즘에는 사람들에게 우리 가족이 이탈리아를 떠나 프로비던스에 정착했다고 말할 때, 프로비던스까지 실제로 타고 온 선박을 언급한다. 미국에서 카프리오가의 역사는 프로비던스의 부두에서부터 시작됐다.

내 인생에
가장 영향을 미친 사람

아버지 안토니오 카프리오 주니어는 나와 내 아이들의 인생에 가장 큰 영향을 미친 사람이었다. 아버지는 어린 시절 학교를 7학년까지 다니고 그만두었다. 할아버지와 종일 행상일을 하면서 가족의 부양을 도와야 했기 때문이다.

모두기 아버지를 '넙' 또는 '토피 텁'이라고 불렀다. 그 유래는 다음과 같다. 할아버지와 행상일을 하던 아버지는 몹시 추운 어느 겨울날 새벽 5시에 그날 팔 과일을 구하러 도매시장에 갔다. 그리고 거기서 산 과일을 담은 수레를 끌고 거리로 나갔다. 거리에 가판대를 차리려면 아침 7시에 경찰관이 호각을 불 때까지 기다려야 했다. 호각이 울리면 모두 더 좋은 자리를 차지하러 달려들었다.

그날 아침은 유독 추워서 할아버지는 아버지가 장사할 자리를 확보할 때까지 커피숍에서 기다리고 있었다. 아버지는 영하의 날씨 속에 칼바람을 견디며 좋은 자리를 선점하려고 호각이 울리기를 기다렸다. 출발선에서 신호총이 울리기만을 기다리는 달리기 선수처럼 호각 소리를 기다리고 또 기다렸다. 마침내 호각이 울렸고, 아버지는 과일이 가득 담겨 무거운 수레의 손잡이를 들고 점찍어둔 곳으로 달려가 자리를 확보했다.

장사 준비를 마친 아버지는 커피숍에 있는 할아버지에게 가서 가판대를 차렸다고 말했다. 할아버지는 친구들과 같이 있었고, 카운터 뒤에 있던 사람이 물었다. "뭐 마실래?"

아버지는 커피를 마시고 싶었다. 그런데 매섭게 추운 아침 날씨에 얼굴이 얼어붙어 발음이 제대로 되지 않았다. 입 밖으로 나온 말은 "한 텁, 토피 한 텁이요"였다.

그날부터 아버지는 평생 '텁'이라고 불렸다.

누군가 아버지를 다른 사람에게 소개할 때면 다들 "내 친구 텁 카프리오를 소개하지"라고 말하곤 했다. 어머니도 아버지를 텁이라고 불렀다. 아버지의 형제들, 누이들, 친구들, 동료들, 그리고 동네 사람 모두가 아버지를 텁이라고 불렀다. 50명의 조카와 그들의 배우자와 아이들도 아버지를 텁 큰아버지, 텁 삼촌이라고 불렀다. 나와 내 두 형제만 아버지를 "아빠"라고, 다르게 부를 수 있는 특권을 누렸다.

누군가 페더럴힐에 와서 동네 사람에게 안토니오 카프리오가 여기 있냐고 물으면 누구를 말하는지 아무도 알아듣지 못했을 것이다. 하지만 텁이 여기 있냐고 물으면 모두가 정확히 누구인지 알았다. 아버지가 돌아가시는 날까지 그랬다.

대공황이 찾아오자 다들 과일을 사거나 과일 가판대를 유지할 형편이 되지 않았다. 아버지는 과일 행상을 그만두었다. 그리고 운이 좋게 프랭클린 D. 루스벨트 대통령이 미국인 고용을 위해 출범한 프로그램 공공사업진흥국(Works Progress Administration, WPA)에서 일자리를 얻었다.

WPA에서 준 일자리는 로드아일랜드 노스킹스턴에 자리한 조선소인 퀀셋포인트 해군 기지에서 인부로 일하는 것이었다. 퀀셋 막사가 만들어진 곳으로 가장 유명한 이 기지는 1941년에는 제2차 세계대전의 해군 항공 기지가 되었다.

해군 기지에서 일한 후 아버지는 유제품 회사 후드(Hood)에서 우유 배달업자로 일했다. 당시 이탈리아계 이주민에게는 믿을 수 없을 정도로 좋은 일자리였다. 아버지는 페더럴힐에 사는 사람들의 아파트와 주택을 방문해 우유를 배달하고 빈 병을 수

거하고 우윳값을 받는 이 일에 제격이었다. 아버지의 고객 다수는 테아노에서 온 사람들이었다.

쉬운 일은 아니었다. 아버지는 100여 가구에 우유를 배달했는데, 다들 엘리베이터가 없는 3층 다세대주택에 살고 있었다. 아버지는 일주일에 여러 번 두꺼운 유리병들이 담긴 무거운 상자를 들고 계단을 올라 우유를 배달하고, 세척과 재사용을 위해 빈 병을 수거해서 회사에 전달했다. 아버지는 트럭 안에서 우유 12병이 담긴 상자를 한 손으로 들고 적당한 자리로 옮길 수 있을 정도로 힘이 무척 셌다. 하루 종일 아버지는 다음 배달을 위해 상자를 옮기고 또 옮겼다.

이 일을 효율적으로 잘 해내려면 대단한 체력 외에도 상당한 물류관리 능력이 필요했다. 아버지는 종종 우유 배달 트럭을 성공적으로 운영할 수 있는 사람은 다국적 기업을 운영할 수 있다고 말하곤 했다. 아버지는 일반 우유, 저온 살균 우유, 균질 우유, A급 우유, 가장 비싼 건지(Guernsey) 우유를 비롯해 여러 등급의 우유를 배달했고, 달걀, 에그노그, 오렌지주스, 그 외 기타 상하기 쉬운 제품들도 배달했다.

배달을 체계화하는 데는 각 고객의 주문 사항, 경로, 다세대주택 내 배달 가정의 위치도 고려해야 했다. 아버지는 각기 다른 주문을 하는 고객 100명을 동시에 만족시켜야 했다. 요금의 청구와 납부를 확인하고, 돈을 받고, 잔돈을 거슬러주기도 해야 했다. 신용카드나 젤(Zelle), 페이팔(PayPal), 벤모(Venmo) 같은 전자 결제 및 송금 플랫폼이 생기기 훨씬 전이었다. 결제는 전부 현금으로 이루어졌고 아버지의 주머니에는 언제나 동전이 가득했다.

일단 배달에 나서면 일정을 수정할 수 없었다. 가장 중요한 일은 회사의 프로비던스 지점에서 이루어졌다. 주문을 검토하고, 우유 상자를 준비해 배달 트럭에 전략적으로 배치했다. 당시에는 작업을 도와줄 바코드나 컴퓨터, 인터넷, 물류관리 프로그램이 없었다. 매일 아침에 아버지가 이 모든 업무를 조정해야 했다.

아버지는 직업 윤리, 정직함, 지혜, 분별력 같은 타고난 재능을 활용해 자기 일을 나무랄 데 없이 해냈다. 아버지가 일을 잘 해낼 수 있게 해준 이런 자질 중 어느 것도 학교에서 배울 수 있는 것이 아니다. 우리 삼 형제는 아버지의 고된 일과를 아주 가까이에서 지켜보면서 습득할 수 있는 것은 모조리 배웠다. 이때 아버지에게서 배운 것들은 이후 모든 면에서 살아가는 데 도움이 되었다.

여름이면 아버지는 고객의 집 안까지 우유를 가져가 냉장고에 넣어주었다. 기온이 낮은 겨울이면 집 앞 복도에 우유병을 놓고 갔다. 하지만 아버지를 아는 고객들은 자주 안에 들어와 커피 한잔하고 가라고 권했고, 아버지는 그때마다 초대에 응했다. 때로는 고객들이 "뭐 좀 드실래요?"라고 권하면 같이 먹기도 했다.

아버지의 고객 다수는 페더럴힐의 이웃들이었고, 내 학우들과 친구들도 이 지역에 많이 살고 있었다. 대부분의 가정에 아이들이 있었는데, 가끔 우윳값을 제때 치르지 못하는 고객이 생기기도 했다. 후드사의 정책에 따르면 우윳값이 특정 기간 이상 연체되면 밀린 돈을 갚을 때까지 배달을 즉시 중단해야 했다. 아버지는 이런 정책이 생계를 겨우겨우 이어가는 가정에 너무 가혹하다고 생각했다. 그리고 후드사가 배달하는 우유, 달걀 및 기타 제품은 페더럴힐의 정육점, 상점, 소규모 시장에서는 쉽게 구할 수 없었다. 슈퍼마켓이 널리 보급되기 전이라 사람들은 대부분 동네의 여러 가게를 돌면서 장을 봤다. 그래서 배달이 끊기면 큰일이었다.

아버지는 당신도 여유가 없으면서 자기 돈으로 우윳값을 대신 내줬고, 관리자에게는 고객이 할부로 결제하려 최선을 다하고 있다고 말하곤 했다. 그렇게 배달을 중단하지 않고 계속했다. 아버지만의 고객 관리 정책이었다. 후드는 결국 아버지의 정책을 이해했고, 현명하게도 이 정책의 타당성을 인정해 전국의 지사에서 따르게 했다.

아버지의 사고방식은 판사석에 앉아 보내는 모든 순간에 내게 도움을 주었다. 법정에서 내 앞에 선 사람들 중에는, 시에서 주차 위반 범칙금을 내지 못해 차 바퀴에 '바퀴 잠금장치'가

채워진 이들이 많았다. 법에 따르면 나는 범칙금을 낼 때까지 바퀴 잠금장치를 해제해서는 안 된다. 그런데 그렇게 하면 차 주인이 돈이 없어서 결국 차를 되찾지 못하게 되는 일이 흔했다. 범칙금을 전부 내면 아이들에게 먹일 식료품을 살 돈이 없는 경우도 있었다. 나는 그렇게 할 수는 없었다. 아버지가 우유 배달을 중단할 수 없었던 것과 같은 이유에서였다. 그래서 주기적으로 일주일에 단 5달러라도 나눠서 낼 수 있게 해줬다. 특별히 마련한 기금(이에 대해서는 나중에 더 자세히 이야기하겠다)에서 범칙금을 내주기도 했다.

내 앞에 선 수천 명의 사람들은 자신도 모르는 사이에 우리 아버지의 지혜와 관용의 수혜자가 되었다. 내가 자신의 '다국적 기업'이었던 우유 배달 트럭을 모는 아버지를 지켜보면서 배웠던 것들이었다.

선량한 사람들이 궁핍을 피할 수 있도록 도와주겠다는 아버지의 결심은 내게 오래도록 매우 큰 영향을 미쳤다. 누구도, 특히 어린아이는 더더욱, 가난하다는 이유로 처벌해서는 안 된다.

가난한 자의
특권

나는 대공황이 절정이었던 1936년 11월 24일에 태어났다. 부모님이 결혼하던 당시 두 분은 무일푼이었다. 정말로 아무것도 없었다. 형이 언젠가 한 말처럼 "주머니에 보푸라기 하나 없었다!"

하지만 행복은 은행 계좌에 들어있는 돈의 액수나 집의 크기로 잴 수 있는 것이 아니다. 나는 이 말이 사실이라는 걸 안다. 가난했어도 무척 행복한 어린 시절을 보냈기 때문이다. 내게 어린 시절은 선물과도 같았다.

나는 운 좋게도 사랑이 넘치는 이탈리아계 미국인 대가족에서 태어났다. 비록 돈이 없었어도 나는 매일 밤 가족들과 식탁에 둘러앉아 집밥을 먹으며 그날 있었던 일들을 이야기하는 특권을 누렸다. 어머니의 포옹이 가게에서 살 수 있는 어떤 것보다 값지다는 사실을 배웠다. 그리고 누구보다 다정한 부모님의 사랑을 받는 특권을 누렸다. 값을 매길 수 없을 만큼 귀중한 특권이다. 부모님은 당신들에게 있는 모든 것을 내게 주셨고, 온 마음과 정성을 다해 내가 사람이 되게 하셨다. 내 인생에서 누린 이런 특권들 덕분에 지금까지 이 모든 것들을 이룰 수 있었다.

우리 집은 판잣집 2층이었다. 건물 뒤쪽에 자리한 우리 집에서는 화강암으로 만든 거대한 하얀색 돔이 보였다. 마치 워싱턴 D.C.에 있는 국회 의사당의 축소판처럼 생긴 로드아일랜드주 의사당이었다. 우리 아파트에는 온수 설비가 되어 있지 않아 따뜻한 물이 나오지 않았다. 따뜻한 물로 씻는 것은 우리 집에서는 불가능했고 일주일에 한 번 몇 블록 떨어진 동네 목욕탕이나 학교 체육관으로 가야 했다. 어머니는 끓인 물을 싱크대에 채워 설거지와 빨래를 했다.

고등학교에 다닐 때 미침내 아파트에 온수 탱크를 설치했다. 덕분에 생활이 조금 편해지긴 했지만 신기하게도 우리는 온수가 나오지 않던 시절에도 내내 불우하다고 생각하지 않았다. 그건 그저 삶의 일부일 뿐이었다. 오히려 집에서 목욕탕과 학교 체육관이 그리 멀지 않아 다행이라고 생각했다. 우리보다 거리가 먼 곳에 사는 친구들도 많았다.

❖ ❖ ❖

가난해서 물질적으로는 풍요롭지 못했을지 몰라도 부모님으로부터 인생에서 가장 귀중한 교훈을 배우는 데는 아무런 문제가 없었다. 확실히 돈이 더 많고 더 좋은 집에 산다고 해서 더 좋은 혹은 더 따뜻한 부모가 되는 것은 아니다. 나는 그 사실을 어릴 때부터 알고 있었다.

내가 8살인가 9살이었을 때였다. 우유 배달차에서 아버지를 돕고 있었는데 아버지가 어느 집에 우유를 가져다주라고 심부름을 시켰다. 나는 그 집 사람들을 몰랐지만 그 집 아들은 나와 같은 반이라 알고 있었다. 나는 밖이 몹시 추워서 오들오들 떨고 있었다. 새벽 4시에 일어나서 피곤하기도 했다. 그 집에서 잠시 몸을 녹이고 싶었고, 따뜻한 마실 거나 먹을 거를 주면 좋겠다고 내심 기대하고 있었다. 우유를 배달하다 보면 그럴 때도 종종 있었으니까.

현관문에 다가가자 아침 토스트를 굽는 고소한 냄새가 났다. 문이 열리자마자 따끈한 공기가 나를 훅 감쌌다. 같은 반 친구가 아침이 준비된 식탁에 앉아 있는 모습이 보였다. 분명히 그 친구가 나를 알아보고 같이 먹자고 할 거라 확신했다. 그런데 곧 내 기대는 무참히 깨졌다. 친구의 아버지가 고함을 지르고 있었고, 친구는 울고 있었기 때문이다.

친구 아버지는 내가 우유 상자를 손에 들고 문가에 서 있는 걸 봤다. 나는 눈을 동그랗게 뜨고 그가 들어오라고 말해주기를 기대하고 있었다. 아주 잠깐 이 집에서 어떤 말다툼이 있었든 내가 있으니 멈출 것이고, 친구 아버지가 내게 미소를 보내며 따뜻한 무언가를 권할 거라는 생각이 들었다.

친구의 아버지는 고함을 멈추고 나를 바라봤다. 그러더니 내 코앞에 손가락을 바싹 갖다 대고 여전히 울고 있는 아들을 보며 말했다. "뚝 그쳐! 네가 얼마나 복이 넘치는지 모르는구나. 너도 재처럼 이 추운 날에 우유병을 나르고 싶으냐."

나는 어떻게 해야 할지 몰랐다. 당당하게 그 아저씨에게 따지고 대들어야 할까? 같은 반 친구를 달래야 할까? 울고 싶은데 그냥 울어버릴까? 아버지한테 가서 이를까?

나는 아무 말도 하지 않았다. 그저 우유병을 내려놓고 내 할 일을 계속했다. 하지만 내가 있는 자리에서 누군가가 나를 그런 식으로 이야기하는 건 마음이 아팠다. 대체 내가 무슨 잘못을 했다고? 그 집에 우유를 배달해 준 것뿐인데? 그 사람의 태도는 우리가 배달하는 다른 집들과는 완전히 달랐다. 나중에 곰곰이 생각해 보니 그 친구에 비하면 나는 얼마나 운이 좋은지 깨닫게 됐다. 물론 그 친구는 따뜻하고 좋은 집에 살고 있었지만 고약한 아버지를 두고 있었다. 아들에게 윽박지르고 아들을 울리는 아버지였다.

그에 비해 내게는 다정한 아버지가 계셨고, 아버지가 일하는 중에도 우리는 함께 시간을 보냈다. 나는 다정하고 따뜻한 가족에 둘러싸여 있었다. 혹한 속에서 새벽 4시에 일어나는 건 물론 힘들었다. 하지만 나는 즐거운 마음으로 그 시간을 기다렸다. 눈을 뜨면 아버지와 형과 같이 놀 수 있다는 걸 알고 있었으니까. 매일이 페더럴힐의 거리에서 벌어지는 모험이었다. 페더럴힐에서는 온 세상이 우리 것이었다.

나는 세상에 있는 돈을 전부 준다 해도 그 아이와 자리를 바꾸지는 않았을 것이다.

돌아가는 길이
나를 만들었다

초등학교 졸업을 앞둔 어느 날 나는 사인첩을 들고 집으로 왔다. 6학년 때 졸업 앨범은 없었지만 대신 우리 모두 사인첩을 가져와 선생님과 친구들의 서명을 받았다.

집에 도착하자마자 나는 사인첩을 가지고 아버지에게 달려가 아버지의 이름을 서명해 달라고 졸랐다. 지금 생각해 보면 아버지는 너무 지쳐서 그저 소파에 누워 쉬고 싶으셨던 게 분명하다. 그런데도 아버지는 사인첩에 서명을 한 뒤 잠시 가만히 나를 내려다보셨다. 나는 아버지의 시선에 꼼짝도 할 수 없었다. 아버지가 갑자기 진지해져서 생각에 잠긴 걸 알 수 있었다. 아버지는 진심을 가득 담아 무척 신중하게 무언가를 적었다. 내 인생에서 가장 중요하고 강렬한 순간 중 하나였다. 아버지는 아주 반듯하지는 않은 손글씨로 내게 이런 말을 적어주셨다.

거리는 넓다. 길은 멀고 아주 울퉁불퉁하고 무척 험하다. 하지만 나는 네가 고개를 꼿꼿이 들고 의연하게 그 길을 나아가 배움의 정점에 다다르리라는 걸 안다.

- 너의 아버지, 안토니오 카프리오 주니어로부터

아버지는 교육을 받지 못했지만, 시인의 영혼을 가지고 있었다. 나는 이 메시지를 수도 없이 읽었다. 아버지의 글은 오늘날까지도 내 마음을 울린다. 그리고 나는 여전히 아버지의 자랑스러운 아들이 되려 하고 아버지의 높은 기대에 부응하려 하는 자신을 발견하곤 한다.

8학년 이후 학교에 다니지 못한 아버지는 내가 이미 당신보다 훨씬 많은 가능성을 갖고 있다고 생각했다. 아버지는 내가 그 사실을 알았으면 했고, 6학년인 아들에게 희망과 영감을 주고 싶었다. 아버지는 이 메시지를 마치 정부의 공식 문서처럼 썼다. 아버지의 예언과도 같은 메시지는 여전히 내가 고개를 꼿꼿이 들고 의연하게 사는 원동력이 된다.

학사 학위, 법학 학위, 두 개의 명예박사 학위, 그리고 90여

년의 인생 경험이 있지만 내가 받은 가장 수준 높은 교육은 아버지 안토니오 카프리오 주니어의 발치에서 이루어졌다.

❖ ❖ ❖

넓은 거리와 길고 울퉁불퉁한 길을 제대로 헤쳐나가려면, 우리 모두에게 도덕적 나침반이 필요하다. 나는 도덕적으로 행동하는 법을 말로 듣고 배우지 않았다. 타인들, 그리고 누구보다도 아버지와 어머니가 내게 모범이 되어주셨다. 강력한 도덕적 나침반을 갖고 있지 않은 일부 주변 사람들도 마찬가지로 내게 영향을 미쳤다.

형 앤서니가 겨우 12살이었을 때 어머니는 형에게 3달러를 주었다. 아버지에게 3달러는 꽤 큰 돈이었다. 아버지는 어머니에게 왜 이렇게 큰돈을 주었는지 물었다. 어머니는 형이 근처에 열린 축제에서 놀이기구를 타고 싶어 해서 줬다고 말했다. 하지만 나중에 아버지는 형이 놀이기구를 타는 데 돈을 쓴 것이 아니라 도박으로 돈을 잃었다는 사실을 알게 됐다.

아버지는 형에게 물었다. "어디서 도박을 했니?"

"축제에서요." 형이 말했다.

"자, 가자." 아버지가 형에게 말했다. "도박한 곳으로 안내하거라."

아버지는 나도 데리고 갔다. 우리는 축제가 열리는 곳으로 걸어갔고 아버지는 카운터 뒤에서 호객을 하는 사람에게 다가 갔다. "당신, 당신이 얘한테 도박을 시켰소? 얘한테서 3달러를 가져갔소?"

그는 그랬다고 인정했다. 항상 침착하고 누구도 두려워하지 않는 아버지는 그저 이렇게 말했다. "3달러를 돌려주시오." 아버지는 돈을 내놓으라는 듯이 그를 향해 손을 내밀었다.

그는 아버지를 쳐다보다가 무언가 말하려다 말고 아버지에게 3달러를 돌려주었다.

아버지는 형의 손을 잡았고 우리는 집으로 향했다. 아버지는 형에게 말했다. "다시는 이런 짓을 하지 마라." 형은 그 후 다시는 도박을 하지 않았다. 우리는 그렇게 배우면서 자랐다.

어깨 위에
얹은 손

내 삶의 방향을 정하는 데 도움이 되었던 기억 하나가 있다. 그 순간부터 나는 내가 앞으로 무엇을 할지 정확히 알게 되었고 무엇도 나를 막을 수 없다는 걸 알았다.

날이 무척 추운 어느 월요일이었다. 집에서 저녁 식사를 하려던 참이었는데, 우리는 추워서 화덕 문을 연 채 그 주위에 의자 세 개를 놓고 둘러앉아 있었다. 추울 때면 자주 그랬다. 가난한 사람들이 추위를 견디는 방법이다. 신기하게도 우리 가족은 난방이 잘되지 않는 집에서 가난하게 살면서 더 가까워졌다. 추위를 물리치려면 화덕 주변에 모여서 앉아 있어야 했다. 가끔은 뒤에서 라디오 소리가 들리기도 했지만 대개는 서로 오손도손

이야기를 나누었다.

이날 아버지가 내 옆에 서 계셨다. 아버지는 한 손을 내 어깨 위에 얹으면서 말했다. "언젠가 넌 변호사가 될 게다. 너는 말을 잘하니까. 너는 언젠가 변호사가 될 거야. 하지만," 아버지가 덧붙였다. "한 가지는 기억해라. 우리같이 가난한 사람에게 돈을 받지는 말거라. 네게 돈을 줄 부자들은 얼마든지 있을 테니까."

아버지의 말은 직접적이고 간단했다. 그리고 강력했다. 아버지가 내 어깨에 손을 얹었을 때 나는 무어라 설명할 수 없는 기분을 느꼈다. 어깨에 얹은 손이 아니었다면 아버지의 말은 그만큼 힘을 발휘하지 못했을 것이다. 그 손은 누군가가 나를 지켜보고 있다고 느끼게 했고, 그래서 아버지가 내게 한 말이 실현되리라는 확신이 들었다.

그 이후로 매일 나는 내 어깨 위에 놓인 아버지의 손을 느낀다. 지금까지도 그 순간은 내게 너무나 소중하다. 그 위력을 몸소 체험했기에 나는 우리가 더 많은 삶에 닿을수록, 더 많이 타인의 어깨에 손을 얹고 그를 지지할수록, 세상은 더 좋아질 것이라는 걸 알게 됐다. 나는 내 법정에서, 그리고 내 인생에서 그렇게 하려고 애썼다.

내 법정에 좋지 못한 결정, 약물 중독, 그 외 다른 어려움을 겪고 엉망이 된 자기 삶을 되돌려 놓으려는 사람이 오면 나는 항상 그들에게 계속 노력하라고 격려하고, 종종 범칙금을 줄여주거나 소송을 기각했다. 내가 그들에게 자주 하는 말은 "당신을 응원합니다"였다. 그들의 눈을 보면 항상 이 간단한 말이 얼마나 큰 영향력을 미치는지 볼 수 있었다.

이 여정에서 당신은 혼자가 아니고, 당신을 지지하고 격려하고 기회를 줄 사람들이 있다고 알려주는 것. 때로는 그것만으로도 혼자인 것만 같고 무너질 것 같다고 느끼는 사람을 도울 수 있다. 누군가가 나를 걱정해 주고, 내가 순조롭게 항해하도록 살짝 바람을 불어넣어 주는 사람이 있다는 걸 알려주는 일이다. 중독에 시달리는 사람이 저지른 잘못에 범칙금을 매겨 금전적 압박을 더하고, 그 결과 다시 일어설 기회조차 잃어버려 건설적인 삶으로 돌아가려는 동기와 힘을 모두 잃게 만든다면, 그런 처벌에 과연 무슨 의미가 있겠는가? 가끔은 그런 처벌보다 가만히 어깨에 손을 얹어주는 것이 훨씬 더 큰 영향을 미칠 수 있다.

어른으로서 우리는 더 자주 인도의 손길을 뻗어야 한다. 가볍게 살짝 밀어주는 것만으로도 누군가의 삶을 더 나은 쪽으로 바꿀 수 있다. 그리고 그리 어려운 일도 아니다. 누군가에게 당신이 잘 지내기를 바라고 좋은 사람이 되기를 바란다고 알려주는 것만으로도 그들이 더 나은 삶을 살아가도록 도와줄 수 있다.

다른 사람의
곁에 있어 주는 것

아버지는 성품과 언행이 가장 중요하다고 가르쳐 주셨다. 내가 고등학교를 졸업하고 대학에 가기 위해 온통 나에게만 몰두하고 있을 때도 아버지는 정말 중요한 것이 무엇인지 항상 상기시켜 주셨다.

16살 때 나는 정신이 없을 정도로 너무 많은 일을 하고 있었다. 아버지의 우유 배달을 돕는 것 외에도 모퉁이에서 구두를 닦고 신문을 배달했다. 볼링장에서 볼링핀을 놓는 일도 했다. 자동차 영업소에 딸린 정비소에서 차에 광을 내기도 했다.

어느 토요일 밤, 레스토랑에서 일하다 밤 11시가 넘어서야 집에 돌아갔다. 집에 들어오는 나를 보고 아버지가 말했다. "앤서니가 독일로 떠난다."

형은 이미 징집돼서 뉴저지주 포트딕스에 배치되어 있었다. 그런데 갑자기 파병 지시가 내려와 독일로 가게 되었다고 했다.

"아침 7시에 떠난다고 하니 가서 형을 봐야겠다." 아버지가 말했다. 나도 같이 가겠다고 했다. "전날 밤에 출발해서 아침 일찍 형을 배웅하러 가요. 기지 근처 호텔에 묵고요."

형이 떠나기 전날 밤, 우리는 아버지의 1941년형 쉐보레를 타고 뉴저지까지 갔다. 험한 길을 따라 여섯 시간 반을 달렸다. 내게는 아버지와 함께하는 모험이자 대장정이었다. 어머니가 샌드위치를 싸주셨다. 배가 고플 때면 차 안에서 혹은 길 옆편에 서서 어머니가 만들어주신 샌드위치를 먹었다.

도착해서 기지 근처에 있는 모텔을 발견했다. 벽장만 한 크기의 방은 1박에 7달러였다. 생각보다 큰돈이어서 아버지와 나는 한 방에 묵기로 했다.

나는 형을 볼 생각에 너무 설레 잠이 오지 않았다. 머릿속으로 군 기지에서 군복을 입고 병사들과 함께 서 있는 형을 보러 가는 상상을 했다. 군악대와 열병식이 있을 수도 있고, 우리는 사열대에서 그걸 지켜보고 있을 수도 있겠지. 형이 쓰던 침상을 보고 형이 떠나기 전 잠시 형과 시간을 보내고 싶었다. 영화에서는 항상 그랬으니까, 그런 것밖에 떠오르지 않았다.

다음 날 새벽 4시 반, 아버지가 나를 깨우며 말했다. "늦지 않게 가야지.”

차를 몰아 기지 정문에 다다르자 아버지가 길옆을 가리키며 말했다. “자, 저기 세우자.”

나는 왜 우리가 기지 안으로 들어가지 못하는지 알 수 없었다. 사열대, 군악대, 차려 자세를 한 군인들은 어디 있단 말인가? 나는 우리가 잘못 온 게 틀림없다고 생각했지만, 아무 말도 하고 싶지 않았다. 그래서 아버지와 나는 그저 거기에 서 있었다. 아직 해가 뜨지 않아 어둑한 정문 밖 길가에서. 시간이 흘러갈수록 배고프고 목마르고 피곤했다. 프로비던스로 돌아가는 길도 멀고 험할 게 뻔했다.

오전 7시 정각에 버스 한 대가 포트딕스 정문 밖으로 나왔다. 아버지는 외쳤다. “저기 있다! 저기 있어!”

우리는 지나가는 버스의 차창을 통해 형을 볼 수 있었다. 형은 우리를 보고 창문 밖으로 손을 흔들었다. 형도 우리도 들떠 있었다. 우리는 서로에게 열렬히 손을 흔들었다. 그리고 그렇게 형은 떠났다.

이게 단가?

아버지는 나를 돌아보며 말했다. “아, 앤서니를 봤구나.” 우리는 형과 시간을 보내고, 얘기를 나누고, 포옹할 기회도 없었다. 하지만 아버지는 무척 행복해 보였다.

“앤서니도 우리가 온 걸 알았으니 그걸로 됐다.” 아버지가 말했다.

우리는 다시 차에 올라 여섯 시간 반을 넘게 달려 프로비던스로 돌아왔다. 돌아오는 길에 아버지와 나는 많은 말을 나누지 않았다. 그럴 필요가 없었다. 이 여행은 우리를 위한 것도, 나를 위한 것도 아니라는 게 분명해졌다. 형에게 우리가 거기 있다는 걸 알려주기 위한 여행이었다.

형은 평생 몇 번이고 이 얘기를 했다. 나는 우리가 거기 있었다는 사실이 형에게 얼마나 중요한 의미였는지 알게 됐다. 아버지는 그날 우리가 따라야 할 본보기를 보이셨고, 형과 내가 결코 잊지 못할 교훈을 가르쳐 주셨다.

언젠가 누가 "인생에서 중요한 것은 자리를 지키는 것"이라고 말했다. 나는 이 말을 이렇게 바꾸고 싶다. "좋은 인생이란 다른 사람들 곁에 있어 주는 것이다."

끝까지
물러서지 않는 법

고등학교에 입학했을 때 나는 키가 작은 데다 비쩍 말라서 50kg밖에 나가지 않았다. 그렇지만 키는 작았어도 결연했고, 자제력이 강했으며, 무엇보다도 억셌다. 운동신경이 매우 뛰어나서 축구도 정말 잘했던 형 앤서니는 나한테도 축구를 하라고 권했다. 나는 고교 2군 팀에서 뛰기로 결심했다. 그런데 솔직히 말하면, 나는 다른 애들의 상대가 안 됐다. 다들 나보다 키가 크고 힘이 셌다. 축구팀에 들어가긴 했지만 덩치가 너무 작아서 시합도 별로 뛰지 못했다.

어느 날 복도를 지나가는데 비첸 선생님이 나를 불러세웠다. 선생님은 자기가 레슬링 코치라고 소개하며 내게 레슬링을 해보라고 했다. 나는 레슬링에 대해서 아는 게 없다고 말했다. 내가 아는 레슬링은 텔레비전에 흔히 볼 수 있는 고저스 조지 같은 이름을 가진 남자들이 화려한 의상을 입고 링 위에서 서로에게 달려드는 프로레슬링뿐이었다.

비첸 선생님은 말했다. "그라운드 위에서 작은 놈이 꽤나 억척스럽다고 하더구나."

"글쎄요." 나는 말했다. "이리 치이고 저리 치이는데요."

"내 말이 그 말이다." 선생님이 말했다. "지금 너는 이 덩치 큰 놈들과 씨름하고 있지. 레슬링에서는 너와 체구가 비슷한 녀석들과만 겨룬다." 선생님은 레슬링을 한번 해보라고 나를 설득했다.

사실 내 몸은 잘 단련되어 있었다. 아버지를 도와 우유 상자를 나르고, 고객들의 집까지 여러 층의 계단을 오르내리면서 우유로 가득 찬 병을 옮기고 빈 병을 회수하는 것은 알고 보니 꽤 좋은 운동 프로그램이었던 것이다.

12학년 때 나는 61.2kg급까지 체급을 올렸다. 그때 레슬링 수석코치이자 코치 중 최고참이었던 비첸 선생님이 은퇴했고 학교 체육부에서는 새 코치를 선임했다. 화학을 가르치는 칼 라우로 선생님이었다. 자식이 둘 있는 라우로 선생님은 부수입이 필요해서 코치에 자원했다.

그렇게 라우로 선생님이 우리 코치가 되었다. 선생님은 우리를 지도했고, 격려했다. 체계와 조직력을 강화하려 했고, 운동과 시합 일정을 짰다. 선생님은 교사로서 체계를 잡는 일에 뛰어났고 그 능력을 코칭에 적용했다. 하지만 선생님에게는 아주 중요한 한 가지가 없었다. 선생님은 레슬링을 해본 적도, 레슬링을 가르쳐본 적도 없었고, 우리보다도 레슬링 기술을 몰랐다.

우리는 불평하거나 자유를 만끽하며 훈련을 게을리하고 장난을 칠 수도 있었을 것이다. 하지만 우리는 기술적인 면을 스스로 보완하기로 했다. 그때 12학년이었던 나는 운동 루틴을 파악하고 있었다. 우리는 해병대처럼 혹독하게 열심히 훈련했다. 다들 팀원 하나하나의 능력을 파악하고 있었고 언제 훈련을 더 강하게 밀어붙여야 하는지 알았다. 시간을 들여 상대 팀을 연구하고 시합에서 승리할 최선의 전략을 짜기도 했다. 라우로 선생님도 함께하며 우리에게 동기를 부여하고 어른으로서 우리를 관리하기도 했다.

굉장한 시즌이었다. 스스로 무언가를 하고, 잘 해내고, 결과를 보는 것은 엄청난 만족감을 준다. 그때 얻은 또 다른 중요한 교훈은 레슬링팀에 있던 우리가 레슬링, 훈련, 시합, 승리에 대해 얼마나 알고 있는지 깨달은 것이었다. 때로 우리는 다른 사람을 가르쳐보기 전까지 자신이 얼마나 알고 있는지 깨닫지 못한다.

우리는 헤드기어를 나누어 써야 했다. 오래되고 많이 사용한 장비는 낡고 닳아 있었고 짝도 맞지 않았다. 나는 운동화를 짝짝이로 신고 레슬링을 했다. 우리의 연습 장소는 바닥에 닳고 닳은 얇은 매트가 깔린 학교 교실이었다.

하지만 우리의 팀워크는 내가 평생 본 어느 팀보다도 끈끈했다. 팀원들 다수가 평생 가는 친구가 되었다. 우리는 인종도, 민족도, 종교도 달랐다. 먹는 음식도 달랐고 부모님들이 하는 말도 달랐다. 하지만 그 무엇도 문제가 되지 않았다. 우리는 레슬러였으니까! 그리고 우리는 무엇도 우리를 막을 수 없다는 걸 알고 있었다.

❖ ❖ ❖

그 시즌에 연승을 이어가던 나는 그 전해 뉴잉글랜드 챔피언이었던 선수와 시합하게 됐다.

시합에서 나는 기술을 잘못 들어가 넘어졌다. 그러자 상대는 나를 바닥에 눌러 제압하려 했다. 나는 남은 한쪽 어깨가 매트에 눌리지 않게 거세게 서항했다. 내 생애 가장 긴 2분이었다. 제압되지는 않았지만 시합에서 졌다. 시합 뒤에 너무 지친 나는 매트에 뻗어버렸고 결국 실려 나갔다.

그 시합 후 남은 시즌 동안 나는 연전연승을 거뒀고 61.2kg 체급에서 모두가 이기고 싶어 하는 선수가 됐다. 시합을 할 때마다 매트 위로 걸어가 관중석에 있는 아버지를 보면 가슴이 벅찼다. 아버지는 자주 우유 배달복을 입은 채로 왔고 다른 부모들과 함께 앉아 나를 응원했다. 관객석에서 모두가 응원하는 와중에도 나는 아버지의 이탈리아어 악센트와 특유의 목소리를 들을 수 있었다. 그리고 내 어깨에 얹은 아버지의 손이 느껴졌다. 그 손이 연이은 시합에서 나를 승리로 이끌었다.

정규 시즌 동안에 특히 기억에 남는 시합이 하나 있었다. 한 사립학교에서 열린 시합이었다. 그날 나는 시합 때마다 오셨던 아버지의 모습이 아직 보이지 않아 마음이 초조했다. 아버지는 일이 있어도 어떻게든 우유 배달 일정을 조정해 가며 한 번도 놓치지 않고 내 시합을 응원하러 오셨다. 그런데 그날 56.7kg 체급 경기가 모두 끝나고 61.2kg 체급 경기 시작이 선언될 때까지도 아버지는 나타나지 않았다.

아버지에게 무슨 일이 생긴 건 아닌지 걱정이 들던 차에 짤그랑 소리가 들렸다. 나는 주위를 둘러봤다. 아버지였다. 우유 배달복을 입은 아버지가 뒤따라오는 동생 조와 함께 뛰어 들어오고 있었다. 두 사람의 등장은 요란스러웠다. 아버지는 우윳값으로 받은 동전을 항상 배달복 앞주머니에 넣어두셨는데, 아버지가 뛰어오면서 그 동전들이 서로 부딪쳐 짤그랑거렸기 때문이다.

내게는 너무나 반가운 소리였다. 가는 세로줄 무늬의 배달복을 입고 모자를 쓴 아버지의 모습을 볼 때마다 내 가슴은 항상 기쁨과 자긍심으로 가득 찼다. 나는 아버지의 일이 얼마나 힘든지, 아버지가 매일 우리 가족을 위해 얼마나 노력하시는지 잘 알고 있었다. 내게는 그 배달복이 아버지의 성공, 인내, 가족에 대한 사랑을 나타내는 상징과도 같았다. 아버지가 오셔서 마음이 놓였다. 그런데 갑자기 관중석에서 웃음이 퍼졌다. 모두가 아버지와 동생을 보고 있었고, 동전과 열쇠가 짤그랑거리는 소리를 내며 들어온 아버지와 동생을 비웃고 있었다.

나는 아버지와 동생을 비웃는 이 사립학교 애들과 그 부유한 가족들이 마음에 들지 않았다. 아버지와 동생은 조롱의 대상이 되어서는 안 됐다. 조롱은 불필요하고 잔인한 행동이었다. 아들의 경기를 보러온 아버지가 뭐가 그리 우습단 말인가?

내게는 자랑스러운 아버지의 모든 것을 이 부유한 사립학교 사람들이 무시하고 있었다. 어렸을 적 친구 아버지가 우유 배달 간 나를 손가락질했던 일이 떠올랐다. 마음이 쓰렸다.

사람들의 조롱에 대응할 새도 없이 경기 임원이 내 체급을 불렀다. 상대 선수가 겉옷을 벗었다. 근육질의 단단한 몸이었다. 사람들은 그를 보고 소리 지르며 환호했고, 나를 안쓰러워했다. 다들 내가 그 선수한테 빗자루처럼 질질 끌려다닐 거라고 생각했을 것이다.

하지만 사람들이 모르는 게 있었다. 나는 아버지를 향한 조롱에 무척 화가 나 있었고 그 분노를 시합에 쏟았다. 심판이 호루라기를 불자 나는 야수처럼 달려들었다. 목숨을 건 것처럼 상대를 몰아세웠고 상대를 바닥에 쓰러뜨리는 데에 성공했다. 상대가 바닥에 쓰러지는 순간 끙하고 앓는 소리를 내는 게 들렸다.

심판이 승리자라는 표시로 내 손을 허공에 번쩍 들었을 때, 관중석에 있던 부모들과 아이들은 더 이상 웃고 있지 않았다. 팀 동료들이 환호했고 아버지와 동생이 안아주었다. 레슬링의 좋은 점은 부모가 얼마나 돈이 많은지, 집이 얼마나 좋은지, 학교가 얼마나 좋은지, 장비와 유니폼이 얼마나 비싼지는 상관이 없다는 것이다. 레슬링은 맨몸으로 일대일로 붙는 시합이고, 그날 나는 승리했다.

이긴 건 기분이 좋았지만, 아버지의 일로 여전히 마음이 좋지 않았다. 그날의 시합은 내 레슬링 인생에서 최고이자 최악의 경험이었다.

이 이야기의 교훈은 '분노하지 마라'가 아니다. 우리는 모두 분노한다. 모두 좌절한다. 하지만 우리에게 중요한 질문은 이것이다. 그 분노로 무엇을 할 것인가? 분노로 체포되고, 기소되고, 징역형을 받을 것인가? 아니면 분노를 잘 활용할 것인가? 분노를 통해 다들 안 될 거라고 하는 무언가를 해낼 원동력으로 삼을 수 있는가?

이게 내가 제시하는 과제다. 분노를 활용하라. 분노에 휘둘리지 말라.

시즌 끝에 우리는 브라운대학교에서 열리는 주 선수권 대회에 출전했다. 우리 팀 전체가 최고의 기량을 발휘했다.

나는 첫 시합에서 프로비던스카운티의 챔피언을 만났다. 28초 만에 누르기로 승리했다. 다음 시합 상대는 내가 이전에 이겼던 학교에 소속된 꽤 실력 있는 선수였다. 이번에는 2분 만에 누르기로 승리했다. 시합은 빠르게 끝났고, 나는 아직 힘이 남아 있었다.

61.2kg급 주 챔피언을 가리는 마지막 시합에서 나는 뉴잉글랜드 챔피언이었던 그 선수를 또 만났다. 그는 66.7kg급이었지만 우리 팀이 챔피언이 되는 것을 막으려고 체중을 감량해 61.2kg급으로 체급을 낮췄다.

시즌 초반 나를 누르기로 제압할 뻔했던 그 선수였다. 그는 나와 다시 붙기를 고대했고 나를 쓰러뜨려 곧바로 경기를 끝내버리겠다고 단단히 각오하고 있었다. 그는 온 힘을 다해 나를 쓰러뜨리려 했다.

하지만 앞서 말했듯이 우리 팀은 스스로 배우고 연습했기 때문에 상당한 시간을 들여 상대를 연구했고 상대를 이길 전략도 구상했다.

심판이 경기 시작을 알리는 호루라기를 불고, 내 상대는 2톤

무게의 증기롤러처럼 내게 달려들었다. 하지만 나는 상대가 그렇게 나올 줄 이미 알고 있었다. 대응할 준비가 되어 있었다.

　내가 재빨리 몸을 비키자 그는 나를 놓치고 앞으로 쓰러졌다. 그리고 나는 몇 주에 걸쳐 연습했던 뒤집기와 누르기에 들어갔다. 상대는 아연실색했다. 무슨 일이 일어나고 있는지 이해하지 못했다. 나는 계획한 대로 움직였고, 그 계획이 성공했다. 덕분에 그 라운드에서는 이겼지만 누르기에 성공하지는 못했다.

　2라운드에서는 상대가 구르기를 시도해 나를 바닥에 쓰러뜨리려 했다. 하지만 나는 구르기에서 빠져나와 상대의 허를 찔렀다. 그렇게 2라운드를 이겼고, 시합에서 승리했고, 챔피언십에서 우승했다. 운이 좋았다. 이제 내가 로드아일랜드주의 챔피언이 되었다.

　그리고 아버지가 매트 옆에서 모든 걸 지켜보셨다. 아버지는 나를 꼭 안아주셨다.

시작을 위한
멈춤

성장기에 내 주변에는 대학에 간 사람이 하나도 없었다. 자식을 대학에 보내는 것은 페더럴힐에 사는 모든 부모의 꿈이었다. 우리 부모님의 꿈이기도 했다. 그리고 물론 내 꿈이기도 했다. 나는 45명의 사촌 중 두 번째로 고등학교를 졸업했고 처음으로 대학에 다녔다. 엄청난 성과였다. 내 승리일 뿐만 아니라 우리 집안 전체의 엄청난 승리였다. 내가 대학에 갈 거라는 소문이 퍼지면서 나는 조금 유명해졌다. 그만큼 대단한 일이었다.

고등학교를 졸업한 후 나는 1917년 도미니크회 수사들이 설립한 가톨릭계 사립대학 프로비던스칼리지에 입학했다. 프로비던스칼리지는 집에서 그리 멀지 않았지만 내게는 완전히 새로운 세상이었다. 나는 집에서 통학하면서도 대학 생활을 만끽했고, 캠퍼스에 있는 동안 가능한 한 많은 것을 흡수하려 최선을 다했다.

강의실 안에서뿐만 아니라 강의실 밖에서도 많은 것을 배웠다. 전국 각지에서 온 각계각층의 친구들과 교류하는 것은 대단히 흥미로운 경험이었다. 이런 경험을 하면서 부모님이 내게 항상 가르쳐 주셨던 것이 더 확실하게 다가왔다. 바로 성실, 인내, 정직은 무엇이든 극복할 수 있다는 것이다. 나는 학교 친구들 다수가 나보다 편안하고 부유한 환경에서 자랐을 거라는 사실을 깨달았다. 하지만 그렇다고 해서 그 애들이 나보다 나은 건 아니었다. 여기까지 오는 길이 평탄하지는 않았지만 나는 내 힘으로 내 자리를 얻어냈다. 거기다 매일 밤 어머니가 해주는 요리를 먹을 수 있었다! 무엇도 나를 막을 수 없었다.

대학교 4학년 때 나는 보스턴대학교 로스쿨에 지원했다. 내 꿈이었고, 그 어느 때보다도 굳은 의지로 각고의 노력을 기울였다. 하지만 합격을 확신할 수는 없었다. 그래서 아버지와 나는 학과장과 약속을 잡아 내가 로스쿨에 합격할 수 있을지 이야기를 나눠보기로 했다.

아버지와 나는 면접을 보러 보스턴으로 갔다. 아버지는 무척 초조해했고, 그런 아버지를 보면서 나는 더 초조해졌다. 아버지가 긴장한 것도 무리는 아니었다. 아들의 미래가 결정될 참이었다. 프로비던스 항구의 베네치아호에서 내려 보스턴대학교 로스쿨의 입학처장실에 오기까지 우리 가족은 쉽지 않은 여정을 거쳤다. 나는 강인하고 현명한 아버지가 조금 위축된 것을 느꼈다.

면접이 진행되는 동안 아버지가 하도 열변을 토해서 나는 입도 뻥긋할 기회가 없었다. 상황을 파악한 입학처장은 참을성 있게 아버지의 말을 듣고는 나와 단둘이서 이야기해도 되겠냐고 물었다.

아버지가 자리를 비우자 입학처장을 나를 보고 말했다. "그래서 학생 아버지가 학생이 로스쿨에 입학하길 바란다는 건 알겠고, 학생은 어떤가요?"

나는 로스쿨에 가서 변호사가 되는 것이 어릴 때부터 꿈이었다고 말했다. 그리고 우리 대가족에서 대학에 간 건 내가 처음이었다고 했다. 여기까지 오는 데 관련이 있다고 생각되는 경험들도 솔직하게 이야기했다. 아버지가 내 어깨에 손을 얹었던 순간의 이야기도 했다.

입학처장은 아버지를 다시 불러들이고 우리에게 말했다. "아드님은 로스쿨에 합격할 겁니다." 로스쿨 학비가 비쌀 거라는 걸 알고 있었고, 로스쿨에 다니려면 일을 해야 한다는 것도 알고 있었지만, 어쨌든 입학 자격을 얻어서 나는 뛸 듯이 기뻤다.

프로비던스까지 80km를 달려 돌아오는 동안 아버지는 이탈리아 노래를 불렀다. 아버지는 무척 행복해하고 자랑스러워했다. 나는 이 길이 끝나지 않기를 바랐다. 우리 둘 다 흥분에 들떠 있었다.

집으로 돌아오자, 어머니가 진수성찬을 차려주셨고 다 함께 축하했다. 나는 너무 신이 나 있었다. 프로 스포츠팀에 1라운드 지명된 것 같은 기분이었다. 우리 가족의 생활은 더 나아질 것이다. 우리 가족에서 변호사가 나오면 신뢰와 명성을 얻을 것이고, 사람들을 도울 수도 있고, 마침내 어느 정도의 경제적 안정을 얻을 수 있다. 이제 보스턴 지역에서 야간과 주말에 일할 곳만 찾으면 됐다.

그런데 몇 주 후 로스쿨에 다닐 돈을 마련할 수 없다는 사실을 분명히 깨달았다. 학비는 어찌저찌 마련할 수 있을지 몰라도 월세, 식비, 책값을 생각하면 돈이 부족한 정도가 아니었다. 사실 나는 무일푼이었다. 학자금 지원이나 장학금을 받을 수도 없었다. 돈을 빌릴 만한 부유한 친척도 없었다. 내게는 능력과 의지가 있었지만, 보스턴에서 지낼 형편이 안 됐다.

부모님도 돈이 없어서 도움을 줄 수 없었다. 그게 아니더라도 나는 부모님에게 짐이 되고 싶지 않았고, 부모님이 어떤 방식으로든 자신들 때문에 내가 로스쿨에 가지 못한다고 생각하기를 바라지 않았다. 너무 괴로웠다. 여기까지 올 수 있게 나를 격려하고 지원해 준 사람들 모두를 실망하게 했다는 생각이 들었다. 특히 부모님에게 실망을 안겨드리는 게 견딜 수 없었다. 나는 내가 변호사가 될 거라는 부모님의 꿈이 이루어질 수 없다고는 차마 말할 수 없었다.

나는 1~2년 정도 일을 해서 돈을 모으는 게 가장 합리적인 선택이라는 결론을 내렸다. 계속 집에서 지내면서 낮에는 고등학교에서 아이들을 가르치고 어느 정도 돈을 모으면 야간 로스쿨에 다니면 된다. 보스턴대학교에는 야간 과정이 없어서 야간 과정이 있는 보스턴의 서퍽로스쿨을 생각하고 있었다.

하지만 프로비던스의 공립학교에서 교사가 되려면 필요한 교육 과정을 이수하고 교원 자격증을 얻어야 했다. 이제 내 계획을 실행에 옮기려면 프로비던스칼리지 학과장 중 한 명인 퀸 신부님과 상의해야 했다. 필요한 학점을 이수해 교사 자격을 얻으려면 신부님의 도움이 필요했기 때문이다.

퀸 신부님은 보스턴의 유서 깊은 명문가 출신이었다. 한때는 야구팀 보스턴 브레이브스의 구단주이기도 했던 매우 부유한 가문이었다. 나는 신부님이 내 문제를 조금도 이해하지 못할 거라고 생각했다. 또 퀸 신부님은 엄하기로 유명했다. 신부님이 나를 도우려 할 리 없다고 확신하고 있던 나는 신부님을 만나는 게 두려웠다. 나를 그저 페더럴힐에 사는 가난한 이탈리아계 청년으로만 보지는 않을까 불안했다.

❖ ❖ ❖

교사로 일하면서 야간 로스쿨에 다니기로 결정을 내렸으니 이제 부모님께 보스턴대학교 로스쿨에 가지 않기로 했다고 말씀드려야 했다. 가족에게 어떻게 알려야 할지 고민했다. 부모님이 내 결정에 영향을 미쳤다거나 어떤 식으로든 당신들이 부족해서라고 생각하는 걸 원하지 않았다.

점심을 먹으러 집으로 갔다. 식탁에 마주 앉아 어머니를 보며 말했다. "저 정말로 지쳤어요. 16년 동안 학교에 다녔잖아요. 1년만 쉬고 싶어요."

어머니는 내 말을 듣자마자 걱정하면서 물었다. "1년만 쉬고 싶다니, 그게 무슨 말이니?"

"그냥 지쳐서요." 나는 말했다. "교사로 일하려고요. 그리고 1년 뒤에 야간 로스쿨에 다닐 거예요."

"안 된다." 어머니가 딱 잘라 말했다. "안 돼." 어머니는 내가 돈을 벌기 시작하면 로스쿨에 흥미를 잃을까 봐 걱정하고 있었다.

"잠깐 있어 보렴." 어머니는 이렇게 말하고는 침실로 달려갔다. 서랍을 이리저리 뒤지는 소리가 들렸다. 식탁으로 돌아온 어머니의 손에는 통장 세 개가 들려 있었다. 너덜너덜해 보이는 통장들은 고무줄로 묶여 있었다. 어머니는 손에 든 통장을 꽉 쥐고 무척 진지한 목소리로 말했다.

"아버지가 돈을 많이 벌지는 못하셨어. 그래도 한 주도 빠짐없이 은행에 저축했단다. 이 돈을 받으렴."

나는 통장을 훑어봤다. 아니나 다를까 매주 예금된 돈이 있었다. 대부분은 50센트나 1달러였다. 가장 큰 금액은 3달러였던 것 같다.

20년 동안 어머니는 2,000달러 조금 넘는 돈을 저축해 왔다. 어머니가 자신을 위해서는 한 푼도 쓰지 않고 보낸 그 모든 세월이 떠올랐다. 어머니는 자기를 위해 옷 한 벌 산 적이 없고, 그렇게 좋아하는 복숭아 캔 하나 사지 않으셨다. 항상 식구들을 우선하고 불평하는 법이 없었다. 나는 어머니가 이렇게 힘들게 모은 돈을 전부 내게 주려 한다는 사실에 눈물이 핑 돌았다. 이 통장에는 힘들게 일하면서 미래를 대비해 돈을 모은 어머니의 일생이 담겨 있었다. 1950년대만 해도 최저임금은 시급 1달러에 불과했으니 2,000달러면 상당히 큰돈이었다.

나는 어머니를 보고 말했다. "이 돈은 받을 수 없어요." 그러자 어머니는 제발 받으라고 애원하셨고 우리 둘 다 울기 시작했다. 매주 앳웰가를 걸어 은행에 가는 어머니를, 조금이라도 남는 돈이 있으면 조금씩 넣어두고 자신을 위해서는 한 푼도 쓸 생각을 하지 않았던 어머니의 모습을 상상했다. 나는 그 돈을 받을 수 없었다. 그렇지만 그때 그 자리에서 나는 퀸 신부님의 도움으로 교사 일을 할 수 있게 된다면, 그래서 돈을 모으기만 한다면 반드시 야간 로스쿨에 다니겠다고 다짐했다.

❖ ❖ ❖

퀸 신부님을 만났을 때 신부님의 표정은 매우 진지했고 태도는 근엄했다. 말을 하면 할수록 두려워졌다. 겨우 내 상황 설명을 끝낸 나는 몇 분 동안 조용히 앉아서 신부님의 대답을 기다렸다.

이때 나는 마지막 기회를 날렸고 내 계획대로 되지 않을 거라고 완전히 확신하고 있었다. 내 꿈은 끝났다고 생각했다.

마침내 신부님이 나를 보고 말했다. "도와줄 수 있을 것 같구나. 하지만 조건이 있다."

나는 궁금했다. "뭐든지요, 신부님. 제가 뭘 하면 될까요?" 나는 물었다.

"너를 도와주는 대신 끝까지 포기하지 않고 로스쿨에 가겠다고 약속해라. 교사가 돼서 첫 월급을 받으면 생각이 바뀔 수도 있으니까. 포기하지 않고 반드시 변호사가 되겠다는 약속을 받아야겠다."

나는 약속했다. 그리고 신부님은 나를 도와줬다. 그저 도와주기만 한 게 아니었다. 신부님은 좋은 사람이었고 이해심이 깊은 사람이었다. 간단히 말해서, 나는 신부님을 오해했다. 신부님은 내 상황을 절대 이해하지 못할 거라고 잘못 생각했다. 신부님은 내가 생각한 것보다 내 상황을 훨씬 잘 이해해 주셨다.

❖ ❖ ❖

프로비던스칼리지에서 나는 정치학을 전공했고 역사 과목을 많이 들었다. 그래서 고등학교에서 영어와 사회학을 가르칠 수 있었다. 이제 교육 위원회의 승인만 받으면 교사가 될 수 있었다.

나는 지역 교육 위원회 위원장을 만났고, 그는 교육감인 핸들리 박사와 약속을 잡아주겠다고 했다. "자네를 추천하겠네." 그는 말했다. "하지만 교육감에게 잘 보여야 하네."

핸들리 박사의 집무실은 교육청 건물에 있었다. 거기서 그를 만났다. 핸들리 박사에게 퀸 신부님에게 말한 내용을 그대로 이야기하고, 변호사가 되고 싶지만 형편이 안 된다고, 그래서 낮에는 교사로 일하고 밤에는 로스쿨에 다니고 싶다고 말했다.

그는 나를 바라보더니 말했다. "나도 그랬지. 나도 변호사가 되려 했어. 그러다 교육계에 발을 들였고 돈을 벌기 시작했고 결국 로스쿨에 가지 않았네." 핸들리 박사는 그러고 나서 퀸 신부님과 어머니가 해준 것과 똑같은 말을 했다. "계획을 반드시 실현해서 로스쿨에 가야 하네." 그는 내게 교원 채용 지원서를 건네줬고 바로 그 자리에서 쓰라고 했다. 나는 곧바로 지원서를 써서 건넸고, 그는 말했다. "나는 이 지원서를 내 책상 위에 올려 두겠네. 내일 아침 보좌관에게 건넬 거야. 이번 주에 교육 위원회 회의가 있으니 그때 투표로 결정할걸세."

나는 교사가 될 수 있을 거라는 안도감을 느꼈다. 그건 로스쿨에 다닐 수 있다는 의미였다. 비록 밤에, 보스턴으로 통학해야 했지만, 그래도 다 잘 되어가는 듯했다. 나는 준비가 되어 있었다!

그런데 그날 늦게 운전하는 도중 소방차 여러 대가 요란하게 사이렌을 울리며 전속력으로 연이어 달려가는 게 보였다. 큰 화재가 난 게 틀림없었다. 소방차를 따라갔더니 화재 현장이 보였다. 교육청 건물이 불길에 휩싸여 있었다. 교육감 책상 위에 놓인 내 지원서가 떠올랐다. 이때는 컴퓨터를 사용해서 서류를 스캔하거나 사본을 클라우드에 저장하는 시대가 아니었다. 이메일은 존재하지도 않았다. 종이 문서가 전부였다.

지원서가 없으면 위원회에 제출되지도, 교사로 인정받지도, 일할 수도 없다는 걸 깨달았다. 영화 속의 끔찍한 장면 같았다. 눈앞이 캄캄했다. 정신을 차릴 수 없었다.

다음 날 나는 교육감과 통화하려고 여기저기 전화를 걸었다. 하지만 아무도 전화를 받지 않았다. 전부 잿더미가 됐다. 그러다 교육청이 센트럴고등학교 안에 임시 본부를 만들었다는 사실을 알게 됐다. 내 모교였고 집에서 몇 분 거리였다. 서둘러 그리로 갔다.

내가 도착했을 때는 경찰관들이 바리케이드를 세우고 아무도 들여보내 주지 않았다.

"교육감님을 꼭 봬야 해요." 나는 말했다. "어제 만난 사람이라고, 교육감님 책상 위에 교원 채용 지원서를 놓고 간 사람이라고 말해주세요." 경찰관은 알아보겠다고 말하고 사라졌다.

네 시간이 지났다. 그래도 기다린 보람이 있었다. 다른 경찰관이 내게 와서 말했다. "교육감님을 뵈러 가세요." 나는 교육감 집무실로 들어갔고 내가 입을 떼기도 전에 교육감은 신청서를 건네며 말했다. "이 신청서를 작성하게." 나는 무어라 말하려 했지만 그는 이렇게 말했다. "왜 여기 왔는지 아네. 이 신청서를 작성하게." 그래서 나는 신청서를 작성했다. 그리고 며칠 뒤 교사로 채용되었다.

❖ ❖ ❖

나는 퀸 신부님과 핸들리 박사 같은 사람들을 만나면서 누군가가 무엇을 할지 혹은 하지 않을지 섣불리 추정해서는 안 된다는 걸 배웠다. 때로는 누구에게 부탁하는지가 중요하다. 때로는 타이밍이 중요하기도 하다. 그리고 다른 사람을 도울 기회를 기다리는 사람들은 생각보다 많다. 화재로 정신없는 상황에서도 핸들리 박사는 기꺼이 나를 도와주었다.

교사로서, 변호사로서, 판사로서 (그리고 사람으로서) 나는 내게는 중요하지 않을 수 있는 일이 내 앞의 사람에게는 인생을 좌우할 정도로 이루 말할 수 없이 중요할 수도 있다는 것을 항상 마음에 새겼다. 학생이든, 의뢰인이든, 주차 위반 딱지를 받은 사람이든, 상대에게 건네는 사소하지만 친절한 행동 하나가, 사려 깊은 행동 하나가 한 사람의 인생을 정말로 바꿀 수도 있다.

그리고 때로는 되는 일이 하나도 없는 것 같을 때도, 사람의 힘으로는 어찌 할 수 없을 때도, 끈기 있게 버티면 헤쳐나갈 수 있다. 곤경에 처하더라도 포기해서는 안 된다. 더 깊이 파고들고 계속 나아가야 한다.

도움을 구하는
용기

나는 결국 프로비던스의 호프고등학교에서 역사와 공민학을 가르치게 되었다. 2년 뒤부터는 서퍽로스쿨에 다니기 시작했고, 4년 동안 계속 교사로 일하면서 밤에 로스쿨에 다니는 생활을 했다. 애초에 계획했던 것보다 더 오랜 시간이 걸렸지만 나는 결국 상황에 맞게 내 꿈을 실현할 방법을 찾았다.

교사 일은 정말로 즐거웠다. 졸업반 학생들과는 나이 차가 많지 않아서 많은 학생들과 사이좋게 지냈다. 학생들이 내게서 배운 만큼, 나도 어쩌면 그보다 더 많은 것을 배웠다.

내 역사 수업에는 로버트라는 학생이 있었다. 로버트는 항상 환하게 웃는 얼굴로 맨 앞자리에 앉았다. 그전 해에 역사 과

목에서 평균 55점밖에 받지 못해 낙제한 학생이었다. 이유를 알수 없었다. 로버트는 영리했기 때문이다. 어쨌든 이제 졸업반이라 또 한번 낙제하면 졸업할 수 없었다.

그래서 나는 어느 날 방과 후에 로버트를 불러 파나마 운하에 대해 2,000자 분량의 논문을 써오라고 말했다. 최고로 훌륭한 논문을 써오지 않아도 괜찮다고, 그저 자필로 2,000자를 채우기만 하면 통과시켜 주겠다고 했다.

일주일이 지났는데도 로버트는 아무것도 가져오지 않았다. 그래서 나는 그를 따로 불러 물었다. "논문은 어디 있니?"

"쓸 시간이 없었어요." 그는 대답했다.

내키지는 않았지만 이러면 낙제시킬 수밖에 없다고 말해주었다.

이틀 후, 프로비던스의 빌트모어호텔에서 열리는 행사에 참석할 일이 있었다. 무도회장에 앉아 있는데 뒤에 있는 부엌에서 낯익은 얼굴이 보였다.

나는 웨이터를 불렀다. "저 아이 로버트입니까?"

웨이터가 답했다. "네."

"여기서 일해요?" 나는 물었다.

"네, 매일 밤 일합니다. 식구가 많아서 살림을 도와야 하거든요."

다음 날 아침, 나는 로버트를 교실로 불러 물었다. "왜 일하고 있다고 말하지 않았니?"

로버트가 답했다. "우는소리 하기 싫어서요."

나는 로버트에게 깊은 연민을 느꼈다. 때로는 하찮게 보이기 싫어서 선생님이나 상사에게 자기 상황을 이야기하기가 꺼려질 수 있다. 하지만 내 경험에 따르면 누구에게 이야기하든 숨기는 것 없이 정직하게 말하면 함께 문제를 해결할 방법을 찾을 수 있다. 로버트와 나는 이야기를 나누면서 내 수업을 통과해 졸업할 방법을 찾았다.

어떤 학생이 얼마나 힘든 상황에 있는지 이해하는 것은 교사에게 중요한 일이다. 나는 전 세계의 모든 선생님들에게 어떤 학생이든 좋은 선생님만 만나면 성공할 수 있다는 사실을 기억해 달라고 당부하고 싶다. 아이들에게는 옹호자가 필요하다. 부디 아이들의 옹호자가 되어주길 바란다.

학생들은 선생님을 볼 때 이 점을 기억했으면 한다. 그들은 아주 다양한 인생을 보고 겪었고, 최악의 시기나 심한 곤경을 겪은 시기도 많았다. 그래서 그늘은 대개 인간 본성에 대해 누구보다도 폭넓고 뛰어난 통찰력을 가지고 있다.

그러니 다른 사람이 무엇을 이해할지 혹은 이해하지 못할지 지레짐작하지 않아야 한다. 호기심을 가져보라. 자신의 취약함, 바람, 희망, 꿈을 누군가와 이야기하며 소통해 보면 돕고 싶어 하는 사람들이 생각보다 많아 놀랄 수도 있다. 다른 사람들에게 당신을 감동하게 할 기회를 줘보라. 그들이 주는 감동은 당신의 상상을 초월할 것이다.

　법정에서 나는 각계각층의 사람을 만났다. 다수는 내 인생이 자신들과는 완전히 다를 거라고 예상했고, 내가 그들의 나이가 아니어서, 같은 민족이 아니어서, 같은 종교를 믿지 않아서, 혹은 그냥 판사라서 자신들의 문제는커녕 자신들을 전혀 이해하지 못할 거라고 예상했다. 하지만 많은 이들이 생각보다 나와 공통점이 많다는 사실을 알게 되었다. 훗날 언젠가 상당한 영향력을 가진 사람이 이렇게 이야기해 주었으면 좋겠다. 프로비던스 교통법원의 한 판사가 자신을 이해해 주었고 자기 삶에 긍정적인 영향을 주었다고. 언젠가 어떤 판사가 우리 아버지와 할아버지에게 그랬던 것처럼 말이다.

가족에게
배운 것들

내 친척 대다수는 자영업자다. 친척이나 그 배우자 중에는 고등학교를 졸업한 사람도 별로 없다. 어린 시절 내내 나는 친척 집을 제집처럼 드나들었고 친척들도 그랬다. 친척들이 겪어보지 않은 문제는 없었고, 함께 해결하지 못한 문제도 없었다.

그들의 삶에서 나는 모든 인간사를 보았다. 세월이 지나 판사가 되었을 때 법정에서 내 앞에 선 사람들의 경험을 이해할 수 있었던 건 나의 가족과 친척들 덕분이었다. 어떤 상황이든 다 내가 직접적으로 또는 가족을 통해 간접적으로 보고 경험한 것이었다.

아마데오 외삼촌은 어머니의 사촌으로 다들 허비라고 부르는데 내 대부(godfather)이기도 하다. 외삼촌이 크리스마스이브마다 나를 보러 우리 집에 왔던 기억이 있다. 외삼촌은 올 때마다 내게 1달러 은화를 주셨다.

외삼촌은 한 해도 거르지 않고 찾아와 어머니와 아버지를 끌어안은 뒤 나를 보고 "내 대자(godson)!"라고 불렀다. 외삼촌은 내가 아주 특별한 사람인 것 같은 기분이 들게 해주셨다.

16살 때도 외삼촌은 언제나 그랬듯이 크리스마스이브에 우리 집을 찾아왔다. 그런데 이번에는 나를 보면서 이렇게 말했다. "16년 동안 크리스마스마다 내가 너를 찾아왔지. 이제 내년부터는 운전할 수 있게 됐으니 네가 나를 찾아오렴."

그래서 나는 이듬해부터 매년 크리스마스이브에 선물을 들고 외삼촌을 찾아갔다.

세월이 흘렀다. 어느덧 나는 결혼했고 첫 아이가 태어났다. 크리스마스이브에 아들을 데리고 외삼촌을 뵈러 갔다. 둘째가 태어났을 때도, 셋째가 태어났을 때도 마찬가지였다. 그러다 보니 어느새 나는 다섯 아이를 모두 데리고 외삼촌 댁을 방문하게 되었다.

어느 크리스마스이브였다. 그날은 따로 들를 곳이 있었다. 당시 법조인이었고, 프로비던스 시의원이었고, 다섯 아이의 아버지기도 했던 나는 밤에 두 곳을 방문하기에는 너무 피곤해서 '외삼촌은 내일 가서 뵙자'라고 생각했다. 55년 동안 한 해도 빼

놓지 않았으니 이번만은 크리스마스에, 하루 늦게 방문해도 괜찮을 거라고 생각했다.

다음날 나는 선물을 챙겨 외삼촌 댁에 들렀다. 초인종을 누르자 외숙모가 받았다.

"메리 외숙모, 잘 지내셨어요?"

외숙모가 답했다. "왔구나. 정말 다행이다."

"무슨 일 있어요?"라고 나는 물었다.

외숙모는 말했다. "어젯밤 내내 외삼촌이 '프랭키한테 무슨 일이라도 있는 걸까? 작년에 내가 뭐 기분 상하게 하는 말을 했나? 누가 뭐라고 했어?'라는 말을 몇 번이나 하셨는지 몰라. '믿기지 않아. 이렇게 오래도록 이어온 전통이 끊어지다니. 정말 멋진 전통이었는데'라면서 서운해하셨어."

나는 방으로 들어가 외삼촌을 불렀다. "대부, 잘 지내셨어요?" 외삼촌은 말했다. "그래."

나는 외삼촌에게 선물을 건넸다. 외삼촌은 나를 돌아보고 말했다. "별일 없니?"

"네, 별일 없어요." 그리고 나는 이렇게 덧붙였다. "어제 못 와서 정말 죄송해요."

"네가 올 줄 알았다." 외삼촌은 말했다. "그래서 기다리고 있었지."

그날 외삼촌은 나를 용서해 주셨다. 그날부터 외삼촌이 돌아가시기까지 나는 한 번도 크리스마스이브에 찾아뵙기로 한 약속을 어기지 않았다. 65년 정도 그랬던 것 같다.

외삼촌은 자신만의 방식으로 내게 많은 가르침을 주셨다. 외삼촌은 아주 간단하게 내게 존중을 가르쳐 주셨다. "나는 너를 존중한다. 그래서 크리스마스이브마다 여기 찾아왔지. 이제 네가 나를 찾아올 차례다"라는 말이면 됐다. 그리고 내가 한 번 약속을 어겼을 때 받은 질책은 "네가 올 줄 알았다. 그래서 기다리고 있었지"라는 말 한마디가 전부였다. 외삼촌은 내게 수치심을 주지 않았다. 그저 점잖게 나를 바로잡아 주셨다. 어떻게 하는 건지 몸소 가르쳐 주셨다.

외삼촌이 나에게 가르쳐준 것은 명예와 존중이라는 고국의 가치였다. 본보기가 되는 사람이 있어야만 보고 배울 수 있는 가치다. 아이들은 생활에서 배운다. 존중이 당연시되고 서로가 존중하는 가정에서 자란 아이는 어른이 되어서도 다른 사람들을 존중할 것이다.

편견은
나를 멈추지 못했다

8년간 프로비던스 시의원을 지낸 후 나는 로드아일랜드주의 검찰총장에 출마하기로 했다.

보좌관 중 한 명이 내게 주의를 주었다. "당신은 페더럴힐 출신에 이탈리아 이민자 가정 자녀니까 조심하는 게 좋아요. 로드아일랜드 검찰총장에 출마하면 조직범죄와 연관이 있다는 혐의가 제기될 거예요."

"어떻게 그럴 수 있지?" 나는 말했다. "내가 어떻게 살아왔는지가 전부 기록되어 있지 않은가. 나는 식당에서 일했고, 구두닦이도 했고, 신문 배달도 했어. 이 모든 일을 하면서 내 힘으로 대학까지 갔지. 대학을 졸업한 후에는 로스쿨에 갈 형편이 안 돼서 돈을 모으고 집안 살림에 보탬이 되려고 공립학교 교사로 일했네. 그런데 어떻게 내가 조직범죄와 연관되어 있다고 할 수 있겠나? 그런 혐의를 제기해도 아무 소용도 없을 거야.”

슬프게도 내 생각이 틀렸다. 선거운동 마지막 주에 나는 여론조사에서 앞서 있었다. 그때 공화당원들이 공화당의 주지사 후보자, 공화당의 검찰총장 후보자와 함께 페더럴힐에서 행진을 벌였다. 행렬이 지나갈 때 카프리오 후보 지지 손팻말을 든 한 무리의 여자들과 몇몇 남자들이 지나가는 후보자들에게 대고 “쓸모없는 놈들!”이라고 외치며 야유를 퍼부었다.

다음날 《프로비던스 저널(Providence Journal)》 1면 헤드라인은 「카프리오 지지자들이 주지사와 검찰총장의 행진을 공격하다」라고 선포했다. 기사 제목만 보면 내 지지자들이 그들에게 총이라도 쏜 것 같았다. ‘마피아가 벌인 짓이다’ ‘조직범죄다’ ‘그들이 카프리오를 지지한다’ ‘카프리오는 범죄 조직과 관계가 있다’는 등 소문은 삽시간에 퍼져나갔다. 로드아일랜드에서 가장 영향력 있는 신문이자 오래전부터 이탈리아인들에게 호의적이지 않았던 《프로비던스 저널》은 선거운동 기간 중 상대 후보자들의 말을 인용한 기사를 내보냈다. 그들은 내가 “조직범죄 해결에 아무런 관심도 보이지 않”았으며 “이런 범죄행위는 카프리오 씨의 관할구역인 페더럴힐에서 계속 벌어지고 있다”라고 언급했다.

내게 이런 의혹을 제기하는 것은 부당했다. 나를 아는 사람은 누구나 내가 이민자 가정의 자녀고 자수성가했다는 걸 알았다. 누구나 아버지 텁을 알았고 아버지가 어떤 사람인지도 알았다. 형 앤서니는 당시 경찰이었다. 우리가 조직범죄와 연관이 있다고 말하는 것은 우리의 노력과 우리가 자랑스럽게 이루어낸 모든 것을 전부 부인하는 것이나 마찬가지였다.

나는 《프로비던스 저널》에 연락해 상대 후보자들의 빈정대는 말로 몹시 마음이 상했고 불쾌하다고 말했다. "아무 근거 없는 말입니다…. 터무니없어요." 하지만 이미 피해는 돌이킬 수 없었다. 로드아일랜드 주민들은 조직범죄와 연루되어 보이는 사람을 검찰총장으로 뽑고 싶지는 않았을 것이다.

이 일을 잊기까지 매우 오랜 시간이 걸렸다. 솔직히 말해서 아직도 내가 정말로 잊은 건지 잘 모르겠다. 이 일은 별로 얘기하고 싶지 않다. 그만큼 내게는 해묵은 상처다.

이런 악랄하고 근거 없는 중상모략의 희생자가 된 나는 원한을 품고 편협한 사람이 될 수도 있었다. 얼마든지 그럴 수 있었다. 하지만 나는 그러지 않았다. 나는 무언가에 사로잡혀 휘둘릴지, 그것을 손에서 놓을지 선택하는 건 나 자신이라는 걸 안다. 나는 대개 놓아준다. 그리고 내 법정에서 빈정대는 말이나 편견을 바탕으로 다른 사람을 판단하지 않으려고 애썼다. 내가 겪어봤으니까.

어떤 사람의 민족, 인종, 출신 국가, 심지어 외모를 근거로 지레짐작하고 일반화된 이미지를 믿는 것은 태만한 사고방식이다. 그런 태도는 종종 내 앞에 있는 사람을 제대로 보지 못하게 막는 걸림돌이 된다. 자라면서 친구들이나 언론을 통해 보거나 들은 편향과 편견을 버리는 건 쉽지 않다. 그래도 우리는 모두 고정관념을 버리고 각 개인을 독립된 개체로 보려고 애써야 한다.

친절은 뜻밖의 순간에
돌아온다

멘토는 누군가를 멘토링하는 과정에서 도움을 받는 사람들만큼, 어쩌면 그보다 더 큰 보상과 만족감을 얻기도 한다. 때로는 내가 베푼 친절이 생각하지도 못한 때에 상상하지도 못한 방식으로 되돌아오기도 한다. 그리고 어찌 보면 나도 그렇게 판사가 되었다.

내가 여러 차례 프로비던스 시의원을 지내다 그만두고 한참이 지난 후 조셉 파올리노가 그 자리에 출마했다. 나는 그에게 조언해 주며 그를 보살피고 도왔다. 그러면서 우리는 무척 가까워졌다. 그때 우리 사이에 형성된 아주 강한 유대는 지금까지도 지속되고 있다. 조는 시의원을 거쳐 시의회 의장이 되었고 그다음에는 시장이 되었다. 그 후 클린턴 대통령 시기에는 몰타 미국 대사로 임명되었다. 그가 잘 돼서 진심으로 기뻤고 그가 이룬 것들이 정말로 자랑스러웠다.

조가 시장으로 있을 때였다. 어느 날 식당에서 점심을 먹는 중이었는데 웨이터가 나를 불렀다. "시장님에게서 전화가 왔습니다."

나는 조에게서 연락이 올 때마다 항상 기분이 좋았다. 전화를 받자 조는 내게 말하고 싶은 흥미로운 소식이 있다고 말했다. 나는 조가 무언가를 해냈거나 그게 아니면 프로비던스가 무언가를 이뤘거나 받게 되었나보다 생각했다.

그런데 조는 내 예상을 빗나가는 얘기를 했다. 프로비던스 지방법원의 판사 세 명이 로드아일랜드주 법원의 판사로 임명되었다는 것이었다.

좋은 소식이었지만 조가 왜 점심 식사 중인 나를 불러서까지 그 얘기를 하려 했는지 이해가 가지 않았다.

"그래서 지방법원에 공석이 생겼어요. 그래서 선생님이 그 자리를 맡으셔야겠어요." 조는 말했다. "훌륭한 판사가 되실 거예요."

나는 놀랐다. 그리고 기뻤다. 영광이었다. 판사가 되는 것은 내 꿈 중 하나였고, 할머니와 아버지의 꿈이기도 했다. 그리고 지방 판사는 시간제 근무라서 법률사무소 일도 계속할 수 있었기 때문에 가족을 부양하는 데도 문제가 없었다.

프로비던스에서는 시장이 아니라 시의회에서 판사를 임명한다. 내가 시의원을 지낸 지 거의 15년이 지난 후였고 시의원 다수는 같이 일해본 적 없는 사람들이었다. 하지만 조는 그들을 잘 알고 있었고, 한 명씩 연락해 직접 나를 추천하겠다고 약속했다. 시장이 강력하게 추천하는 사람이 있으면 시의회는 그 사람을 임명할 가능성이 컸다.

결국 나는 시의회에서 투표를 거쳐 지방법원 판사로 임명되었다. 임기는 내가 대체할 판사의 임기가 끝날 때까지였다. 그리고 그 후로는 4년마다 시의회에서 재선출되어야 했다. 조와 통화를 끝내고 나는 곧바로 아버지에게 전화를 드렸고, 아버지는 무척 자랑스러워하셨다. 굳이 말할 필요도 없었다. 아버지가 내 어깨에 얹었던 그 손이 우리 둘 다 상상도 못 한 결실로 이어진 것이다.

성대한 임명식은 없었다. '다음 주 화요일부터 판사직을 수행힙니다'라는 프로비던스 지방법원장의 안내문이 전부였다. 그래서 우리 가족은 내가 취임 선서를 하는 날 100여 명의 식구들과 친지들을 법정에 불렀다. 그리고 그날 밤 가족들은 나를 위해 깜짝 파티를 열어주었다. 우리 집안의 경사였다.

그날 이후 내게 판사보다 좋은 직업은 없었다. 그 어떤 일보다 자랑스러웠다. 전 세계를 여행하고 다니면 소셜미디어에서 나를 본 사람들이 알아보기도 한다. 그럴 때면 종종 1985년 조에게서 온 깜짝 전화가 생각난다. 조는 내가 훌륭한 판사가 될 거라고 믿었다. 아버지가 내가 훌륭한 변호사가 될 거라고 믿었 듯이. 나는 그들의 기대에 부응한 것에 자부심을 느낀다.

프로비던스에서
잡히다

나는 동생 조를 "돌직구 조"라고 부른다. 조는 뭐든지 떠오르는 대로 거침없이 내뱉기 때문이다. 대개는 도저히 입 밖으로 꺼낼 수 없는 아주 부끄러운 말도 서슴없이 해서 같이 있으면 결국 조를 따라 웃게 된다. 큰아들 프랭크 주니어는 조의 말에 웃기니 기분이 상하시 않는다면 살아 있는 사람이 아니라고 말하곤 한다.

조는 항상 마음 내키는 대로 했다. 일찍이 조는 비디오 촬영에 완전히 빠져서 VHS를 가장 먼저 산 사람 중 하나였고 나중에는 디지털 기술도 한발 빠르게 받아들였다. 인터넷을 사용하기 이전인 1980년대 말에 케이블 텔레비전이 성행하기 시작했다.

케이블을 통해 방송을 전송하는 방식으로 다양한 채널 송출이 가능해지면서 지역 주민들이 지역 방송 프로그램 편성에 참여할 수 있게 되었다. 조는 매일 오후 2시부터 3시, 새벽 2시부터 3시까지 두 시간의 지역 방송 편성권을 신청해 얻어냈다.

편성 받은 시간대를 메우기 위해 조는 프로비던스의 생활을 찍기 시작했다. 95번 고속도로 위의 차들과 리틀 야구 리그 시합을 찍었다. 하지만 무엇을 찍든 조는 항상 소재가 부족하다고 느끼는 듯했다. 뭘 찍어야 할지 한참 고민하던 조는 어느 일요일 밤 가족 식사 중에 말했다. "소재가 없어 미치겠어. 내가 뭘 찍으면 좋을지 좀 알려줄 사람?"

그때 아내 조이스가 말했다. "형의 법정을 찍으면 어때요? 거기서 많은 일이 일어나잖아요."

나는 말했다. "아니야! 안 돼. 절대 안 돼. 나는 절대 안 할 거야." 조이스는 끈질겼다. 누가 이겼는지는 굳이 말할 필요도 없을 것이다.

조의 아내 아이린이 입에 착 붙는 프로그램명을 생각해 냈다. '프로비던스에서 잡히다(Caught in Providence)'였다.

실제로 판결을 내리는 판사로서 나는 프로그램 출연 계약도 할 수 없었고 출연료도 받을 수 없었다. 명백한 이해 충돌이 발생하기 때문이다.

법정에 온 사람들은 출연 여부를 선택할 수 있었다. 공공 채

널이었던 조의 회사 시티라이프 프로덕션은 무보수로 촬영, 편집, 방송을 해주었다.

시간이 지나면서 「프로비던스에서 잡히다」는 프로비던스의 지역 공동 방송 프로그램으로 시작해 제휴 방송망인 로드아일랜드 ABC 스테이션으로 진출한 미국 최초의 프로그램이 되었다.

2015년 친구 존 메티아가 유튜브에 짧은 에피소드를 올리기 시작했다. 2017년, 존은 우리에게 말했다. "페이스북에 페이스북 왓치라는 게 생겼어. 여기에 올려보고 프로비던스 밖에서는 반응이 어떤지 보자고."

그해 TV 콘텐츠 배급사 사장 브래드 존슨에게서 굉장한 제안을 받았다. 브래드는 우리 프로그램 영상을 보고 소셜 뉴스 웹사이트 레딧(Reddit)에서 관련 게시물들을 살펴봤다고 했다. 그는 우리 프로그램이 대본 없이 즉흥적으로 진행되는 실제 소송 절차이고, 따뜻한 마음과 연민, 친절이 가득하다는 점에 깊은 인상을 받았다. 그는 프로그램의 페이스북 페이지 포스트에 있는 존의 회사 로고를 보고 존에게 연락했다. 브래드는 유명 배급사 데브마-머큐리(Debmar-Mercury)와 함께 일하고 있었고 사장 모트 마커스에게 우리 프로그램의 에피소드를 몇 편 보라고 설득했다. 프로그램을 본 마커스는 브래드를 통해 데브마-머큐리가 이 프로그램을 전국으로 배급할 준비가 되었다고 알렸다.

「프로비던스에서 잡히다」는 브래드를 수석 프로듀서로 해서 미국 전역 200여 개 방송국에서 여러 시즌이 방영되었고, 2021년, 2022년, 2023년, 2024년 연속으로 낮 시간대에 방송되는 프로그램을 대상으로 하는 데이타임 에미상에 후보로 올랐다. 내 법정에서 촬영된 에피소드들은 소셜미디어에서 수십억 뷰를 달성했다.

2023년에 내가 판사직에서 은퇴하면서 조도 법정에서의 촬영을 끝내기로 했다. 하지만 그동안 우리가 지나온 여정은 정말로 놀라웠다.

❖ ❖ ❖

지금까지의 이야기들을 통해 내 인생과 경력에, 그리고 법정에서 정의를 실현하는 방식에 영향을 미친 소중한 가치들을 내가 어떻게 배웠는지 독자들이 이해하게 되었기를 바란다. 이 귀중한 교훈을 앞으로 이어질 내 법정에서, 내 사업에서, 내 삶에서 있었던 사례들을 통해 전하고자 한다.

연민에 관하여

2부

·

연민

연민에
관하여

내가 가르쳐줄 교훈이 하나 있다면, 혹은 내가 다른 사람에게 전하고 싶은 한 가지 자질이 있다면 가장 중요한 것은 연민일 것이다.

연민은 타고나는 것이 아니다. 배우는 것이다. 연민을 배우기에 늦은 때는 없고, 연민을 실천하기에 늦은 때도 없다. 그저 상대방의 입장에 서서 자신에게 이렇게 묻기만 하면 된다. 이 사람에게 도움이 되는 것은 무엇일까? 내 부모, 조부모, 형제, 자매, 친척이 이 상황에 있다면 나는 어떻게 행동할까?

나는 대가족과 함께 자라와서 어떤 상황을 마주쳐도 내가 아는 누군가가 겪었던 일이 떠오른다. 그러면 나는 이렇게 자문

한다. 그들이 어떤 대우를 받으면 좋겠는가?

책의 서두에 설명했듯 공감과 연민은 종종 같은 의미로 사용되지만 엄연히 다르다. 공감은 다른 사람의 고통을 느끼는 것이다. 연민은 그 고통을 덜어주려 무언가 하고 싶은 마음이 들거나 그 상황이 변화하는 걸 보고 싶다는 마음이 드는 것이다.

어떻게 타인에게 깊이 공감하는지를 보여주는 사례가 하나 있다. 내가 10살 무렵일 때였다. 어느 날 집에 와보니 어머니가 흐느끼고 계셨다. 나는 말했다. "어머니, 무슨 일이에요?"

어머니는 내게 사진 한 장을 보여주었다. 아이들과 가족을 돌보는 비영리시설 보이스타운을 설립한 에드워드 J. 플래너건(Edward J. Flanagan) 신부가 연 문 앞에 어린 동생을 등에 업은 한 아이가 서 있는 사진이었다. 사진 아래 이런 말이 쓰여 있었다. "무겁지 않아요. 제 동생이니까요." 어머니는 사진 속의 아이들이 너무 안쓰러워 가슴이 미어지도록 울고 있었다. 당신도 결코 시의 허가를 받지 못했을 허름한 건물에 살고 있으면서도 말이다. 나는 그렇게 공감을 배웠다. 그리고 이 아이들을 돕고 싶다는 마음이, 어머니의 마음을 편안하게 해드리고 싶다는 마음이 내게 연민을 가르쳐 주었다.

연민은 자신이 어디에서 왔는지 절대 잊지 않고, 항상 자신이 가진 것, 받은 것, 이루어낸 것에 감사하는 데서 온다.

연민은 우리가 타인에게 베푸는 선행이다. 연민은 우리가 어떤 식으로든 우리보다 운이 나쁘거나 더 큰 어려움에 직면한 사람을 마주할 때 '하나님의 은총이 없었다면 나도 저들과 다르지 않았을 것이다'라고 인식하는 것이다. 연민을 가진 덕분에 나는 교사로서, 변호사로서, 판사로서 성공할 수 있었다.

법정에서 내 앞에 서는 사람들은 오고 싶어서 오는 게 아니다. 내 법정은 대부분 범죄가 아닌 교통 법규 위반을 다룬다. 범칙금만 내면 법원에 올 필요가 없다. 법정에 오는 사람들은 대부분 범칙금을 낼 형편이 안 되는 사람들이었다. 주차 위반 범칙금 30달러를 내면 그날은 식료품을 살 돈이 없는 사람들. 그들은 직장이 있고, 돌봐야 할 아이들이 있었지만 자신의 문제를 해결하려고, 그리고 그렇게 하는 게 옳다는 걸 알고 있기 때문에 아침 8시에 법정에 섰다. 그런데 어떻게 내가 그들에게 연민을 갖지 않을 수 있었겠는가?

첫 판결,
그리고 깨달음

판사로 일하는 첫날, 아버지가 법정에 오셨다. 내 레슬링 시합을 한 번도 놓친 적 없는 아버지가 내가 판사로서 처음 판결을 내리는 날을 놓칠 리가 없었다. 처음으로 맡은 사건은 주차 위반 범칙금이 수백 달러에 달하는 한 여성의 사건이었다.

"저는 진짜 못 내요." 그녀가 내게 말했다. "낼 수가 없어요. 돈이 없으니까요. 저한테는 애들도 있어요. 낼 돈이 없어요, 어쩔 수 없다고요."

나는 말했다. "자, 그러면 나눠서 내도록 합시다." 하지만 그녀는 고집을 부리며 무척 무례하게 굴었다. "아, 저는 못 낸다고요."

나는 이 여성의 너무나도 무례한 태도가 마음에 들지 않았고, 법에 따라 판결을 내리는 게 내 일이었다. 어쩌면 나는 그녀에게 필요 이상으로 냉정하고 엄했을 수도 있다. 나는 말했다. "범칙금을 내지 않으면 바퀴에 잠금장치가 채워질 겁니다." 그러나 그녀는 계속해서 범칙금을 못 낸다고 말했다.

"됐습니다." 나는 말했다. "이상으로 재판을 마치겠습니다." 나는 법봉을 두드리고 다음 사건으로 넘어갔다.

폐정 후 아버지가 판사실로 찾아왔다. 나는 말했다. "아버지, 어땠어요?"

아버지는 표정이 밝지 않았다. 얼굴을 찌푸리고 계셨다.

"그 여자," 아버지가 주차 위반 범칙금을 내지 않겠다던 여성을 언급하며 말했다. "애들이 있어."

"아버지," 나는 말했다. "그 여자는 정말 말이 안 통했어요. 들으려고도 안 했고 무례했어요."

"무례했지." 아버지가 말했다. "무서웠으니까. 그녀는 낙담하고 있었어. 돈이 하나도 없었어. 그녀에게는 애들이 있단다, 프랭키." 아버지가 내게 말했다. "네가 그 여자 차에 잠금장치를 채웠지. 그러니 이제 어떻게 애들을 학교에 보내겠니? 어떻게 먹을거리를 사러 가겠어?"

그날 아버지가 떠난 뒤 나는 무척 지치고 공허했다. 아버지는 내가 피고인의 상황을 더 깊이 생각해야 한다는 사실을 깨달게 해주었다. 피고인 때문에 내 기분이 얼마나 상했는지가 아니라 그들의 생활이 어떤지부터 생각해야 했다. 판사로서 중요한 것은 내가 아니라 피고인과 그들의 삶이었다. 내가 '옳은 일'이라고 생각한 것은 득보다 실이 많았다. 어떻게 그런 걸 정의라고 할 수 있겠는가?

그게 내가 판사석에 앉은 첫날이었다. 나는 지금도 그날을 생각한다. 8학년도 다니지 못한 아버지는 그날 판사란 무엇인가에 대해 내가 4년 동안 로스쿨에서 그리고 25년 동안 변호사로 일하면서 배운 것보다 더 많은 가르침을 주셨다. 아버지는 실제로 판결에서 적용할 수 있는 통찰력 넘치는 지혜를 주셨고, 나를 곧바로 올바른 길로 인도하셨다. 그날 나는 판사에게 법보다 훨씬 중요한 것은 내 앞에 있는 사람이라는 교훈을 얻었다.

그 후로 나는 항상 피고인이 어떻게 지내는지 알아보려 했고, 항상 내 판결이 피고인뿐 아니라 피고인의 가족 전체에 영향을 미친다는 사실을 고려했다.

타인의
관대함

나는 늘 법은 사람의 의지를 꺾거나 삶을 바로잡을 기회를 박탈하기 위한 것이 아니라고 생각해 왔다.

판사로서 나는 종종 내 안에서 두 가지 마음이 부딪히는 것을 발견했다. 한편으로는 교통 법규를 위반했거나 주차 위반 또는 속도위반 범칙금을 내지 않은 사람들에게 정당한 범칙금을 부과하고 싶었다. 이렇게 징수한 금액은 프로비던스시 운영 예산이 되기도 했다. 하지만 한편으로 내 일은 시의 예산을 확보하는 게 아니라고 생각했다. 판사로서 내 일은 시의 이익과 개인의 권리 사이에서 균형을 찾는 것이었고, 내 마음은 항상 개인에게로 기울었다.

피고인에게 범칙금을 부과하는 것이 도움이 되기보다는 해가 되는 상황이 많았다. 범칙금 때문에 부모가 자식들을 제대로 먹일 수 없게 만드는 것은 내가 생각하는 정의가 아니었다. 지금 막 출소한 사람이 살 곳을 얻지 못하거나 일자리를 얻기 위한 면접을 볼 수 없게 만드는 것은 내가 생각하는 정의가 아니었다. 누군가가 참전용사를 가능한 한 빨리 응급실에 데려가려고 불법 주차를 했다고 해서 그 사람의 의지를 꺾는 것은 내가 생각하는 정의가 아니었다. 경제적으로 어려움을 겪는 부모에게 최대 범칙금을 부과하거나, 면허를 취소해서 부모가 아이를 학교에 데려다주거나 출근할 수 없다면 어떻게 정의가 실현되겠는가? 그런 경우 나는 정당한 처벌을 내리는 것이 아니라 문제를 악화시키게 될 것이다.

내가 자주 말하는 것처럼, "이 법복 아래에는 판사의 배지가 아니라 인간의 마음이 있다." 그래서 나는 범칙금이나 판결을 선고할 때 그 사람의 상황을 고려하는 것이 잘못되었다는 의견에는 동의할 수 없다.

어느 날 나는 영광스럽게도 친절한 행동 하나가 거대한 도움의 물결을 일으키는 것을 목격했다.

시작은 단순했다. 싱글맘인 앤지 체서에게서 편지 한 통이 왔다. 그녀는 인디애나에 살고 있었고 최저임금을 받으며 슈퍼마켓에서 일하고 있었다. 앤지는 내게 프로그램을 챙겨보고 있다고 하면서 20달러 수표를 보내며 도움이 필요한 사람에게 사용해 달라고 부탁했다.

나는 법정에서 이 돈을 사용하면서 앤지가 보낸 편지를 읽었고, 그 장면이 텔레비전과 소셜미디어를 통해 퍼졌다. 전 세계에서 우리 법정에 기부금을 보내오기 시작했다. 중국에서 누군가가 보낸 3달러부터 어느 사제가 보낸 1,000달러 수표까지 금액은 다양했다. 나는 낯선 사람의 작은 기부가 누군가의 인생을 바꿀 수 있다는 것을 목격해 왔다. 흔히 기부는 받는 사람뿐 아니라 주는 사람의 마음도 충만하게 한다!

기부와 함께 전달된 편지들은 가슴 따뜻하면서도 가슴 아픈 사연들을 담고 있었다. 그리고 나는 이 편지들을 통해 전 세계 사람들이 기본적으로 선하다는 믿음에 더 확신을 갖게 되었다. 불우한 사람들에 대한 엄청난 이해와 연민, 동정이 흘러넘쳤다. 신문을 읽거나 라디오를 듣거나 뉴스를 보는 것만으로는 상상할 수 없을 정도로 대단했다. 무엇보다도 이 기부는 평범한 사람들이 모여서 만들어내는 힘과 가능성을 보여주는 증거였다.

나는 이 기부금을 법원 등기소에 두어 법원 재량으로 사용될 수 있게 했다. 예컨대 범칙금 100달러를 청구받은 한 여성이 경제 사정이 어려워 50달러밖에 낼 수 없다면 나는 기금에서 50달러를 사용해 그녀를 돕기로 결정할 수 있다.

이 기금은 어머니의 이름을 따 필로메나 기금(Filomena

Fund)으로 알려지게 되었다. 너무나 많은 사람이 보내주는 공감과 연민을 보면서 어머니가 생각났고, 플래너건 신부와 두 아이의 사진을 보고 흐느껴 울던 어머니의 모습이 떠올랐다. 어머니의 공감은 내 마음을 타인에 대한 연민으로 채워주었다. 그래서 나는 이 기금에 어머니의 이름을 붙였다.

법원에서 이 기금을 사용할 때마다 나는 사람들에게 조금씩 어머니의 이야기를 했다. 어머니가 동네에서 음식 솜씨가 제일 뛰어나기로 평판이 자자했고, 매우 다정하고 인정 많고 이해심 있고 공감 능력이 높은 분이셨다고 사람들에게 말하곤 했다. 어머니는 모든 면에서 너무 훌륭한 분이셨다.

"제 어머니가 여기 계셨다면," 나는 말했다. "당신을 꼭 끌어안아 주고 맛있는 음식을 해주고 다 잘될 거라고 말해주었을 겁니다." 어머니는 그런 분이었으니까.

이 책에 담긴 많은 사례에서처럼 오랫동안 이 기금은 내 법정에서 많은 피고인들을 도울 수 있었다. 그리고 그 모든 것은 앤지의 편지와 기부로 시작되었다. 한 여성의 작은 친절 하나가 수많은 사람들이 타인에게 내미는 도움의 손길로 이어졌다.

❖ ❖ ❖

잊을 수 없는 어느 날 아침, 잉카 아만두 밀라라는 젊은 여성이 내 앞에 섰다. 그녀는 프로비던스에서 태어나 자랐고 네 아이를 키우는 조카를 돕고 있었다. 그녀는 법정에서 예의를 지켰지만, 오랜 기간에 걸쳐 여러 번 주차 위반을 했다.

그녀는 몇 년 동안 내 영상을 봤다고 말했다. "판사님은 그 누구보다도 관대하세요." 그녀는 말했다.

나는 그렇게 생각하지는 않았다. 하지만 잉카에게 말했다. "관대함에 대해 말해줄 게 있어요." 그날 우리 법정에는 특별한 손님이 와 있었다. 바로 앤지 체서였다.

나는 잉카에게 앤지에 대해, 그리고 앤지의 관대한 행동이 어떻게 퍼지고 퍼져서 아주 많은 사람들에게 감동을 주었는지 말했다.

나는 앤지에게 그녀가 편지를 썼을 때 돕고자 했던 사람에 잉카가 해당하는지 물었다. 앤지는 그렇다고 답했다. 잉카의 범칙금은 기금으로 납부되었고, 나는 잉카에게 아낀 돈으로 조카의 아이들에게 아이스크림을 사주라고 했다.

✧ ✧ ✧

나는 2023년에 은퇴해서 더는 프로비던스 지방법원의 판사가 아니기 때문에 이제 기부금을 사용해 법정의 피고인들을 도울 수 없다. 대신 필로메나 기금은 이제 로드아일랜드 사람들을 돕기 위해 만들어진 지역재단인 로드아일랜드재단 산하에 있다. 필로메나 기금에서 받은 돈은 국세청이 비영리단체에 해당한다고 인정하는 단체의 자선활동을 진행하는 데 사용된다. 예를 들면 아모스하우스(기부식품 제공 단체), 프로비던스대학교, 여러 참전용사 지원단체와 병원 등이 있다.

피고인이 법정에서 아모스하우스와 같은 자선단체에 기부하겠다고 약속한 경우도 여러 차례 있었다. 실제로 기부했는지는 알 수 없지만 그들의 선의를 믿고 싶다. 그렇게 내 법정에는 이타적인 행동을 보여주는 사례가 가득했다.

도나 모랄레스도 그런 경우였다. 도나는 아들 케반테와 함께 법정에 왔다. 싱글맘인 그녀는 최근 실직했고 건강 문제도 있었다. 그녀에게는 속도위반 딱지와 그 외 위반 딱지가 있었고 차바퀴에는 잠금장치가 걸려 있었다. 그런데 어떤 이유에선지 법정에 잠금장치와 관련된 서류가 제출되지 않아 우리는 그 문제는 다룰 수 없었다.

차가 없으면 어떻게 아들 케반테를 학교에 데려다준단 말인가? 도나가 도움이 필요한 사람이라는 생각이 들었다.

나는 바퀴 잠금장치 해제 비용을 250달러로 책정하고 시와 잠금장치 회사 둘 다 수금할 수 있게 했다. 하지만 싱글맘 도나의 상황을 고려하지 않을 수 없었다.

"다행히도 이 나라에는 관대한 사람이 많습니다." 나는 도

나에게 말했다. 크리스천 메시아티라는 기부자가 프로비던스 지방법원에 기명식 수표를 보내왔는데, 그중 250달러를 도나를 위해 사용하기로 했다.

눈물을 흘리며 도나는 말했다. "정말 감사합니다. 감사합니다, 메시아티 씨." 나는 그녀에게 오직 아들을 잘 돌보라고만 당부했다. 그 아들이 언젠가 놀라운 일을 해낼 거라고 확신한다. 나는 종종 아이들에게 내 법정을 떠나 대단한 일에 착수하길 바란다고 말한다. 자신이 대단한 일을 해낼 거라고 믿고 기대하는 누군가의 존재만으로도 무궁무진한 힘을 얻는다. 나는 자신을 믿는다고 말해주는 누군가가 있어서 사람들이 최선을 다하기로 다짐하게 된다고 확신한다. 내가 변호사가 되고, 이어서 판사가 될 수 있었던 것은 아버지와 어머니가 언젠가 그렇게 될 수 있다고 말해주었기 때문이었다고 확신한다.

우리 모두 더 관대해진다면, 더 많은 사람에게 그들을 믿는다고 말하면 어떨지 상상해 보라. 우리는 이 세상을 훨씬 더 좋은 곳으로 만들 수 있을 것이다!

나는 도나에게 알려주었다. "메시아티 씨의 친절에 보답하겠다는 마음을 잊지 말고 도움이 필요한 누군가를 돕는 걸로 보답하세요." 그리고 모두 그렇게 하기를 바란다. 아무리 사소할지라도 연민에서 나오는 행동 하나하나는 영원토록 타인의 삶에 긍정적인 영향을 미칠 수 있는 잠재력을 지니고 있다.

기억하라. 이 세상이 더 친절해지기를 바란다면, 우리가 친절을 베풀어야 한다.

행복해지는 법은
어렵지 않다

때때로 그저 곁에 있어 주는 것만으로도 누군가에게 도움을 줄 수 있다. 나는 내 법정에서 그런 경우를 자주 봤는데, 해리엇 싱어와 프랜시스 고든의 사건도 그랬다.

해리엇은 노년의 여성으로 속도위반 딱지 때문에 내 법정에 출석했다. 해리엇은 어린이보호구역에서 과속했다고 순순히 인정했다. 병원에서 막 퇴원한 친구에게 가스파초를 가져다주고 집으로 돌아오는 길이었다고 했다. 정상 참작 사유는 없었다.

하지만 해리엇과 대화하면서 나는 중요한 사실 몇 가지를 알게 됐다. 해리엇은 91세로 70년 넘게 운전하면서 그전까지 한 번도 딱지를 떼지 않았다! 해리엇이 어린이보호구역에서 과속한 날은 학교가 쉬는 날이었다. 그리고 해리엇은 이웃인 프랜시스와 같이 법정에 왔다. 해리엇이 법정 출석에 너무 긴장해서 프랜시스가 태워다준 것이다.

나는 해리엇에게 그녀를 염려해 법정까지 태워다주는 이웃이 있다는 사실에 감명받았고, 두 사람 모두에게 좋은 인상을 받았다. 해리엇과 프랜시스는 좋은 이웃이 주는 혜택을 알고 있었다. 나는 모든 사람이 두 사람을 본받았으면 한다. 이웃과 알고 지내면 인생이 훨씬 풍요로워진다. 게다가 언제 설탕이 떨어져 빌려야 할지 모른다.

나는 해리엇에게 91세에 스피드와 파티를 즐기며 화끈하게 놀았다고 농담을 건넸다. 우리 모두 웃었다. 그러고 나서 나는 해리엇에게 교통 법규 위반은 처음이니 앞으로 19년 이내에 내 법정에서 다시 보지 않는 한 딱지를 기각하겠다고 말했다.

또 한번 노년의 여성이 주차 위반 딱지로 내 법정에 온 적이 있었다. 그녀는 아픈 친구에게 음식을 가져다주는 길이었다고 진술했다.

나는 선행을 한 걸로 처벌받아야 하는 건 아니라고 생각해서 청구를 각하하기로 했다. 아픈 친구에게 음식을 가져다줬다는 이야기를 들으니 어머니가 떠올랐다. 어머니도 그랬다.

페더럴힐에 사는 사람들은 유대가 강했다. 거기서 얻는 혜택은 이루 말할 수 없었다. 이웃으로서 우리는 서로를 감정적으로, 물리적으로, 그리고 필요한 경우에는 금전적으로 도와주었다. 함께 놀고, 함께 먹고, 함께 축하하고, 함께 슬퍼했다. 함께라서 더 강했고, 함께라서 더 행복했다. 여기서 핵심은 우리가 모든 것을 함께 했다는 것이다.

아픈 친구나 이웃에게 음식을 가져다주는 건 미풍양속이다. 슬프게도 이제는 이런 아름다운 풍습을 보기 힘들다. 아픈 친구, 최근 출산을 한 친구, 사랑하는 사람을 잃은 친구가 있다면 그들이 당신에게 얼마나 소중한 존재인지 알려주고 특별한 음식을 요리해 주면서 우정을 다져보면 어떨까. 장담하건대 친구에게 음식을 먹이는 데 그치지 않고, 자신의 정신에도 자양분을 공급하게 될 것이다. 우리가 행복해지려면 반드시 다른 사람을 도와야 한다는 것은 너무나 중요한 진리다. 흔히 도움을 받는 사람보다 도움을 주는 사람이 더 행복해진다.

부모는 언제까지나
부모다

방송된 사건 중에서 가장 인기가 많고 개인적으로도 가장 좋아하는 사건은 빅터 콜렐라의 사건이다. 그는 어린이보호구역에서 제한속도를 위반해 기소당했다.

백발의 빅터는 지팡이를 짚고 들어와 앉아서 내게 말했다. "판사님, 저는 과속하지 않았어요. 저는 아흔여섯이고, 차를 천천히 몹니다. 그리고 꼭 필요할 때만 운전하고요." 그러고 나서 그는 이렇게 설명했다. "아들이 혈액검사를 받으러 가는 중이었어요. 아들이 장애가 있어서요."

상황을 정확히 파악하기 위해 나는 물었다. "아들을 데리고 의사에게 가는 길이었습니까?"

“네. 2주에 한 번 혈액검사를 받으러 다닙니다. 아들이 암을 앓고 있거든요.” 그는 답했다.

“좋은 분이시네요.” 나는 말했다. “아흔이 넘는 나이에도 여전히 가족을 돌보고 계시군요. 훌륭하십니다.”

그의 아들은 여순 셋이라고 했다.

“아빠가 아직도 아들을 보살피고 있네요.” 그렇게 말하면서 나는 법정에 앉아 있던 내 아들 데이비드를 가리켰다. 그리고 빅터가 나쁜 선례를 세워서 나도 아흔 넘도록 데이비드를 태우고 다녀야 할 거라고 말했다. 물론 농담이었다.

나는 빅터에게 이렇게 말했다. “좋은 일만 가득하길 바랍니다. 아드님도 쾌차하길 바라요. 부디 건강하세요.” 그리고 나는 이렇게 덧붙였다. “사건을 기각합니다.”

❖ ❖ ❖

대개 피고인을 다시 만날 일이 없는데 이 사건은 달랐다. 몇 달 뒤 데이비드와 나는 콜렐라 씨의 집을 방문해 그의 인생 이야기를 들었다.

1923년에 태어난 그는 페더럴힐에서 여섯 누이와 함께 자랐다. “말할 틈이 없었어요.” 그는 말했다. “누이들이 항상 이래라저래라 시켰죠.”

그는 옆집에 사는 여인과 결혼해 딸 로라와 아들 리처드를 두었다고 말했다. 그는 아이들을 키운 게 그의 '가장 큰 업적'이었다고 했다.

지금 세대에 어떤 조언을 하고 싶냐고 묻자 그는 말했다. "젊은 친구들, 술·담배를 멀리하고, 정직하고, 일요일마다 교회에 가세요." 그는 덧붙였다. "누구도 괴롭히지 말아요…. 괴롭히는 사람들은 약한 사람을 이용합니다. 자기보다 약한 사람을 도우려고 해보세요. 하느님이 이 세상에 오신 건 모두를 돕기 위해서였습니다. 그래서 나는 이렇게 생각합니다. 하느님이 모두를 도울 수 있다면 나도 누군가를 도울 수 있다고."

3년 후 빅터가 99세였을 때 데이비드와 나는 또 한번 그를 방문해 어떻게 지내는지, 아들의 건강은 어떤지 물었다. 빅터의 아들 리처드는 암이 완치된 상태였고, 빅터는 우리에게 손수 만든 사과파이를 내주었다. 최고로 맛있는 사과파이였다!

데이비드와 나는 빅터를 우리 집에 초대해 파이 만드는 법을 가르쳐 달라고 했다. 이 즐거운 요리 교실을 우리는 영상으로 찍어 소셜미디어에 올렸다.

빅터가 100세가 된 날 데이비드와 나는 케이크를 가지고 감짝 방문을 했다. 그는 우리가 문을 열고 들어가자 눈물을 흘리기 시작했다. 우리 모두에게 감동적인 순간이었다. 모두 빅터가 좋은 아버지 역할을 하다가 딱지를 떼인 덕분이었다.

우리는 로드아일랜드 존스턴에 있는 존스턴요양원에 가서 빅터의 101번째 생일 축하 행사에도 참석했다. 존스턴 시장 조셉 폴리세나 주니어도 참석해 시를 대표해서 그의 장수를 기렸다.

빅터 콜렐라는 「프로비던스에서 잡히다」에 출연해 수백만 명의 사람들에게 감동과 영감을 주었다. 그리고 그의 이야기는 오랫동안 잘 살아온 것 자체가 가장 큰 보상이라는 걸 보여주는 훌륭한 본보기이기도 하다.

세상은 나에게
등을 돌리지 않는다

성내거나 고집스럽거나 까탈스러운 사람에게 공감이나 연민을 갖기는 어렵다. 대체로 나는 내 법정에 출석한 사람이 법정 직원이나 서기에게 무례하게 굴면 그 사람을 거의 동정하지 않았다.

하지만 시간이 지나면서 항상 다른 사람의 태도에 근거해서 대화를 시작할 필요는 없다는 걸 배웠다. 그래서 나는 자주 어떻게 지내고 있는지를 먼저 물었다.

가끔 삶이 너무 버거울 수 있다. 그리고 이렇게 스트레스가 많은 상황에서는 분노와 좌절에 빠져서 친구나 가족 같은 아무 죄 없는 사람에게 폭언을 퍼붓게 될 수도 있다.

팸은 차에 바퀴 잠금장치가 걸려 있어서 법정에 왔다. 그녀는 전에도 법정에 왔고 95달러를 냈지만 법정 서기와 싸움을 벌이다 거의 체포될 뻔했다고 말했다.

팸에게도 말했지만 그게 다가 아니었다. 그녀는 체납 범칙금이 15건이나 있었고 신호 위반을 네 차례 한 데다 바퀴 잠금장치가 부착된 것도 처음이 아니었다. 팸은 교통 법규를 위반한 데에는 다 그만한 이유가 있었고 모든 딱지가 부당하다고 생각했다. 어떤 책임도 지지 않으려 했고 어떤 잘못도 인정하지 않으려 했다.

팸에게 내 말을 들어보라고 하려는데 그녀의 눈에 눈물이 그렁그렁 차올랐다. 딱 보니 뭔가 사연이 있는 듯했다. 나는 팸에게 무슨 문제가 있냐고 물었다.

"전부 다 문제예요." 그녀가 말했다. 팸은 아들이 자폐증에 ADHD를 앓고 있는 데다 말을 듣지 않고, 여름에도 학교에 다녀야 한다고 설명했다. 아이가 학교 버스에 오르내리는 걸 직접 가서 도와줘야 하는데 집 근처에 주차할 데가 없고 근처에 주차장도 없었다.

팸은 한 달 전 법정에 왔을 때 695달러를 내고 잠금장치를 해제했고 딱지 두 건이 남아 있는 걸로 알고 있었다. 그런데 미납 범칙금이 네 건 더 있다는 얘기를 들었다. 감당할 수가 없었다. 거기다가 그녀에게는 아이가 다섯이나 있었다. 18살 하나,

12살 하나, 11살 쌍둥이, 5살 하나였다.

법정에 와서 태도가 불량하거나 서기에게 무례하게 구는 사람에게 연민을 가진 적은 거의 없었지만 팸의 경우에는 그런 행동이 너무나 깊은 좌절에서 비롯된 것이 분명했다. 딱지와 범칙금에 관해 자신이 알고 있는 것과는 다른 말을 하거나 자신의 상황을 전혀 고려해 주지 않는 공무원과 얘기하면서 그녀의 좌절은 더 깊어졌고, 그래서 그들에게 함부로 대했다. 팸을 보고 있으니 판사석에 앉은 첫날 출석한 여성에게 내가 어떻게 했는지가 떠올랐다. 그때와 같은 실수를 반복할 생각은 없었다.

나는 팸에게 아이는 다섯이고 돈은 빠듯해서 그녀가 좌절에 빠진 걸 이해한다고 말했다.

"숨을 깊이 들이쉬고 세상은 당신에게 등을 돌리지 않는다는 걸 이해하세요." 나는 말했다. "모두가 당신을 화나게 하려는 게 아니에요." 나는 팸에게 그녀의 문제는 대부분 자신이 초래한 것이라는 사실을 이해시키려 했다. 당시 팸은 상황에 휘둘리고 있었다. 계속 휘둘리고만 있을 게 아니라 주차권이나 장애인 자동차 표지를 받고 교통 법규를 준수해서 상황을 수습할 필요가 있었다.

나는 팸이 잠금장치 해제를 위해 부과해야 하는 범칙금을 낮춰주었고 생활에 크게 지장이 가지 않도록 범칙금 분할 납부 방안을 마련했다. 팸이 세상이 자신에게 등을 돌린 게 아니라는 것, 그리고 좋은 태도를 보이는 편이 법에 따라 자기 일을 하는 사람들과 싸우는 것보다 결국 자신에게 더 도움이 된다는 사실을 깨닫길 바랐다.

우리는
모두 이방인이었다

나는 어린 시절부터 이민자의 노고를 잘 알았고 특별히 관심을 가졌다. 많은 이민자들이 말 그대로 우리나라를 세웠다. 이민의 물결이 잇따라 밀려올 때마다 이 나라는 발전했다.

프로비던스 지방법원 판사로서 매일 내 앞에는 이민자들의 행렬이 이어졌다. 이민자들을 보면서 나는 통합이 우리의 강점이며 다양성이 우리의 힘이라는 사실을 되새긴다.

로버트 퀸 경감은 경찰 중의 경찰이다(현재는 은퇴했다). 프로비던스 거리에서 열심히 일하며 명성을 쌓고 승진해서 교통안전과장에 오른 그는 사람들의 존경을 받았다. 내가 이탈리아계라는 사실을 자랑스러워하듯 그도 자신의 아일랜드 혈통을 자

랑스러워한다. 우리는 항상 법원에 온 이민자들이 모욕받지 않
도록 세심히 주의를 기울였다.

한번은 카를로스 페이시뉴가 법정에 출석해 자기 성을 다
시 정확하게 말해달라고 요청한 적이 있었다. 나는 그의 말에 따
랐다. 퀸 경감은 그의 이름이 포르투갈 이름이라고 말했고, 나는
그의 말을 정정했다. "미국 이름이죠." 나는 말했다. "자랑스러
운 포르투갈의 유산이고요."

카를로스는 7살 때 미국에 왔고, 미국 시민이 되었다. 그러
니 그는 이 자랑스러운 나라의 다른 시민과 마찬가지로 미국인
이다.

카를로스에게 퀸 경감의 조상은 아일랜드인이고 내 가족은
이탈리아 출신이라고 말해주었다. "아메리카 원주민을 제외하
면 여기 있는 모두의 조상이," 나는 말했다. "다른 나라에서 왔어
요. 그러니 우리는 모두 형제자매죠."

또 한번은 프란시스코 하리디아 데 로스 산토스가 내 앞에
섰다. 그는 도미니카공화국에서 왔고, 결혼해서 세 자녀를 뒀다.
아들 둘에 딸 하나였다. 그는 사회복지단체에서 노인들을 병원
에 태워다주는 일을 하고 있었다. 딱지를 여러 건 받았는데 그의

진술에 따르면 동네에 있는 다리가 폐쇄돼 온갖 교통 문제가 생겼고, 그래서 위반이 발생했다고 한다.

그는 영어가 서툴렀지만, 가족을 사랑하고 다른 사람들을 돕는 걸 즐기는 게 분명했다. 좋은 시민이었고 열심히 일하는 성실한 사람이었다. 나는 그의 범칙금을 줄여주기로 하고, 전국에서 그리고 전 세계에서 사람들이 보낸 기부금으로 이루어진 필로미나 기금에서 범칙금을 납부했다.

데 로스 산토스 씨에게 범칙금을 내지 않아도 된다고 말하고 기분이 어떠냐고 물었다. 그는 스페인어로 대답했다. "agradecido." 감사하다는 뜻이다.

"정말 좋은 나라고, 정말 좋은 사람들이고, 정말 좋은 사법제도예요." 그는 말했다. 도미니카공화국과는 매우 다르다고 말했다. "여기에는 자유가 있어요. … 그리고 자유는 생명이죠."

그 말을 듣고 가슴이 따뜻해졌다. 이민자들은 대개 우리가 당연하게 여기는 것을 소중하게 여긴다.

❖ ❖ ❖

조지 워싱턴은 이렇게 쓴 적이 있다. "나는 항상 이 땅이 어느 나라 출신이든 고결하고, 박해받는 사람들에게 안전하고 아늑한 피난처가 되기를 바랐다."

나는 그 말에 동의한다. 그리고 이 나라가 계속해서 전 세계 사람들에게 찬란한 횃불로 남기를 바란다.

내 법정에서 찍은 영상에서 비롯된 아주 놀라운 이야기가 있다. 내게 희망을 주는 이야기다. 어느 날 이라크의 사회 연구자 아메드 아마드에게서 메시지를 받았다. 그는 이렇게 썼다.

> 저는 전쟁, 폭발, 총소리가 일상인 이라크에 살고 있습니다. 현재 50살이고, 제가 태어난 후로 우리나라는 하루도 평화로운 날이 없었어요.

그는 우리 법정 사건 중 하나를 아랍어로 번역해 페이스북에 올렸고, 며칠 만에 100만 명이 넘는 이라크인들이 그 영상을 봤다고 했다.

> 이 영상을 본 모두가 판사님의 목소리에서 수십 년간 느껴보지 못한 평화를 느끼고 눈물을 흘렸어요.

나는 그의 감동적인 메시지에 감사를 표하고 싶었다. 그의 메시지를 보고 할아버지가 모든 걸 걸고 가족을 위해 더 나은 삶을 찾으러 미국에 와서 얼마나 다행인가라는 생각이 다시금 들었다.

나는 외국에서 혹독한 상황 속에 살고 있는 모든 이들에게 어마어마한 연민을 느끼고 더 나은 삶을 찾아 미국에 온 이들에게 공감한다.

미국은 이민자의 나라다. 우리 조상들이 이 나라에 끌린 이유는 이 나라를 건국한 사람들이 우리는 모두 평등하게 태어났으며 창조주로부터 생명권, 자유권, 행복추구권을 부여받았다는 고무적인 믿음을 가지고 있었기 때문이다.

지금도 그 위대한 도덕적 토대에 얼마나 부합하는가가 미국이 어떤 나라인지 규정짓는 시금석이다.

여성은
강하다

여성의 강인함에 나는 항상 겸허해진다. 여성은 매일 계속되는 삶의 무게를 견뎌내는 특별한 감정적, 정신적, 심리적 힘을 지니고 있다.

재클린 로드리게스는 내 법정에 출석한 강인한 여성 중 한 명이었다. 그녀는 출석 사흘 전 공원을 걷다가 다리에 총상을 입었고, 다리에 총알이 박힌 채로 법정에 나왔다. 의사들이 총알을 제거하는 게 더 위험하다고 봤기 때문이었다.

재클린은 저녁 6시부터 자정까지 컨벤션센터에서 일하는데 그날은 집으로 가는 버스를 타려고 한 시간 정도 일찍 나왔다고 진술했다. 버스 정류장 근처의 공원을 지나던 도중 총성이 연이어 울렸다. 재클린은 본능적으로 달리기 시작했고 그러다가 자신이 절뚝이고 있는 걸 발견했다. 총에 맞은 것이다. 그녀는 무차별 총기 난사의 무고한 피해자였다. "운 나쁘게 하필 그때 그 자리에 있었던 거죠." 그녀는 말했다.

재클린이 법정에 선 이유는 주차 위반 딱지 때문이었다. 산소호흡기를 사용하는 아이를 돕기 위해 차를 자기 집 앞에 세워 두고 들어갔다가 떼인 딱지였다. 차주는 시아버지였지만 자신이 받은 딱지여서 책임을 지려고 법정에 나왔다.

나는 네 아이의 엄마인 이 젊은 여성에게 깊은 인상을 받았다. 그녀는 다리에 총알이 박힌 채로 자신이 떼인 딱지를 책임지기 위해 법정에 나왔다. 나중에 그녀는 아들에게 필요한 산소통을 사야 해서 겸업을 하고 있다고 말했다.

재클린은 천사 같은 사람이었다. 우리 모두 본받아야 할 바람직한 태도와 이타적인 행동의 표본을 보여주었다. 나는 그녀의 딱지를 기각했다.

❖ ❖ ❖

꼭 언급하고 싶은 천사 같은 사람이 또 한 명 있다. 바로 프리다 애덤스-휴즈다. 나는 법정에서 수년간 훌륭한 위탁부모를 여럿 보았지만 프리다 같은 사람은 없었다. 프리다는 법정에 여러 번 출석했다. 그녀는 매우 착실한 사람이라 처음 법정에 출석했을 때 자신이 주차 위반을 저질렀다고 잘못을 인정했다. 프리다는 그녀가 자기 잘못을 인정하고 책임을 져야 하는 이유는 신이 자신을 지켜보고 있고 진실을 말하기를 바란다는 것을 알고 있기 때문이라고 했다.

프리다는 아주 오랜 세월에 걸쳐 27명의 아이를 맡아 길렀다. '아이들을 올바른 길로 인도하고 나쁜 것들로부터 보호하기 위해서'였다고 했다.

법정에 두 번째로 출석했을 때 프리다는 맡아 기르던 아이 중 하나를 입양했고 그 아이가 장학금을 받아 대학에 보냈다고 말했다. "그 애를 잘 키웠어요." 그녀는 말했다. "11살 때 그 애를 입양했죠. 그 애에게서 엄청난 가능성을 봤어요. 뭔가 해낼 아이라는 걸 알았죠. 손을 내밀어 일으켜주고 올바른 길로 인도해 줄 사람만 있으면 된다는 걸요."

프리다는 법정에서 "신은 우리가 불우한 사람들을 돕기를 바라세요"라고 말했다.

나는 전적으로 동감했다. 하지만 프리다의 경우 신이 아니라 프리다 자신이 아이들의 본보기가 되었고, 그녀의 처신과 행동에서 아이들이 아주 많은 것을 보고 배운 것이 틀림없었다. 그녀는 아이들에게 어떻게 먹고 살지가 아니라 어떤 삶을 살아갈지를 가르쳤다.

한번은 가브리엘라가 딸과 함께 법정에 섰다. 가브리엘라는 두건을 쓰고 있었다. 그녀는 유방암으로 항암치료를 받는 중이었다.

가브리엘라의 딸이 어머니가 항암치료 마지막 날 서두르다가 빨간불에 달려 딱지를 떼였다고 진술했다. 그녀의 상황을 들으니 내가 특히 좋아하는 말이 떠올랐다. "이야기를 나누고 있는 상대의 눈으로 세상을 보라."

가브리엘라가 신호를 위반했다는 것은 의문의 여지 없는 사실이었다. 서두른 것도 분명했다. 하지만 그 사건을 그녀의 상황에서 그녀의 눈으로 보니 가브리엘라는 힘든 시기를 보내면서도 긍정적인 태도를 유지하는 좋은 어머니라는 게 분명했다. 내가 보기에는 매우 높이 살 만한 점이었다. 나는 그녀의 딱지를 기각했다.

기억에 남는 다른 사건은 싱글맘인 미셸 베르데호가 12살 아들 아리온을 데리고 법정에 선 일이었다. 아리온에게 말을 걸자, 아이는 자신에게 자폐증과 ADHD가 있다고 말했다. 아리온은 놀라울 정도로 말을 잘하고 생각이 깊고 어른스러웠다.

나는 내 법정에서 특수교육이 필요한 아이를 둔 부모들을 많이 봤다. 그들은 '진정한 부모는 내가 원하는 아이가 아니라 내게 주어진 아이를 키우는 것이다'라는 격언을 훌륭하게 입증했다. 아이를 키우는 것은 힘들지만 특수 아동의 부모가 되면 자신이 실제로 얼마나 강한 사람인지 알게 된다. 대단한 끈기와 인내, 생활력이 필요하고, 흔들림 없이 끝없는 사랑을 쏟아야 하기 때문이다.

법정에 있는 동안 미셸은 아리온이 진단을 받은 후 적합한 학교에 입학시키기가 무척 힘들었다고 말했다. "애를 많이 썼어요." 그녀는 말했다. 하지만 결과는 뻔했다.

"남들과 다르다는 이유만으로," 아리온은 말했다. "다른 대우를 받아야 하는 건 아니라고 생각해요. 우리는 모두 같은 인간이니까요." 이 말에 아리온의 어머니와 나를 비롯해 법정 안에 있던 사람 모두가 눈시울을 붉혔다.

아리온은 또한 자폐증을 안고 사는 것에 대해 자신만의 독특한 관점을 알려주었다. "어떤 면에서 저는 자폐증이 자랑스러워요." 그는 말했다. "자폐증이 지금의 저를 만들었으니까요."

미셸은 신호 위반을 네 번 했다. 우리는 그 사건들을 검토했는데 적어도 네 건 중 세 건은 거의 틀림없이 위반이 아니라고 볼 수 있었다. 나는 아리온을 판사석으로 불러 법봉을 건네주고 어머니의 사건을 어떻게 판결해야겠냐고 물었다.

"기각합니다." 아리온은 이렇게 선언하고, 법봉을 내려쳤다.

나는 동의할 수밖에 없었다.

암은 진단명일 뿐
사망 선고가 아니다

나는 의사가 아니지만 판사로 재직한 38년 동안 많은 암 환자와 암 생존자를 봤다. 그리고 항상 그들의 회복력에 감동했다. 많은 경우 이들에게는 법정에 서는 것 자체가 도전이었다. 그들이 보여준 힘과 용기는 암이 진단명일 뿐 사망 선고가 아니라는 사실을 입증하는 생생한 증거다. 내가 법정에서 본 암 환자들은 투사다. 암이 싸움을 시작했을지 몰라도 싸움을 끝내려는 건 그들이다. 그들 모두를 위해 기도하고 응원한다.

내게 큰 감동을 준 암 환자의 이야기가 있다. 알베르토라는 한 신사가 내 법정에 섰다. 그는 백발에 자세가 약간 구부정하지만 건장한 체격을 하고 있었다. 그가 법정에 온 이유는 주차 위반 딱지 때문이었다. 나는 그에게 딱지를 떼인 상황을 떠올릴 수 있겠느냐고 물었다.

앨버트는 자신이 90세이고 암 생존자이지만 헤모글로빈 수치가 낮다고 말했다. 그날 그는 집에 있다가 힘이 너무 없어서 병원에 가야겠다고 생각했다. 병원까지 차를 몰고 가서 장애인 주차구역에 주차하고 장애인 차량 표시가 보이게 두었다.

병원에서 그는 수액을 맞았다. 몇 시간 뒤 병원을 나설 때는 기진맥진해 있었는데 차가 견인된 것을 발견했다. 견인업체는 견인 비용 100달러를 청구했고 시에서는 그에게 범칙금으로 100달러를 청구했다.

부당했다. 나는 딱지를 기각했다.

나는 앨버트가 법정에서 자신의 상황을 진술할 수 있었고 딱지가 잘못 발부되었다는 그의 의견에 판사가 동의한 날이 있었다는 사실이 그에게 어떤 의미가 되었기를 바란다. 그건 그가 겪은 엄청난 불편과 맞바꾼 작은 친절과 연민이었다.

❖ ❖ ❖

또 한번은 매릴린 오르티스 카스티요가 신호 위반 세 건으로 법정에 출석한 적이 있었다. 그녀는 버건디색 터틀넥 스웨터를 입고 멋진 베레모를 쓰고 법정에 섰다.

매릴린은 외국어 악센트가 들어간 영어로 발부받은 딱지 전부가 자기 책임인 걸 안다고 말했다. 하나는 남편 차를 운전하다가 천식을 앓는 아기가 위독해서 병원에 가는 길에 떼였다고 했다. 또 하나는 림프종 치료를 받는 도중에 떼였다고 말했다. 그녀는 일곱 달에 걸쳐 항암치료를 받고 암을 제거하는 수술을 받았다. 하지만 림프종이 재발했다. 돌볼 아이가 둘인 그녀는 이 소식이 두려웠다. 그녀는 자기가 신호를 위반한 것은 인정하지만 당시 무척 불안한 상태였다는 것을 고려해 달라고 했다.

2년 전 암 진단을 받은 이후 매릴린은 자주 건강이 좋지 않아서 일을 할 수 없었다. 그녀는 가족을 비롯해 도움을 줄 사람은 모두 모국 도미니카공화국에 있다고 덧붙였다. 여기서 그녀에게는 남편과 가족이 있을 뿐이었고, 남편은 일하고 있었다.

지금 어떠냐고 묻자 그녀는 "그저 그렇다"고 답했다. 그녀는 피곤하다고 했고 항상 춥다고 말했다. 나는 그녀에게 판사석으로 올라오라고 했고, 손을 잡아보니 정말로 얼음장처럼 차가웠다.

나는 매릴린에게 우리가 그녀를 위해 기도할 것이며 다 잘되기를 바란다고 말했다. 그녀의 손은 차지만 이 나라에는 다른 사람에게 도움의 손길을 내미는 따뜻한 마음을 가진 사람들이 무척 많다는 사실을 그녀에게 알려주고 싶었다. 나는 가끔 이런 사람들이 법정에 보내온 기부금을 내가 적절하게 사용하고 있다고 했다. 그리고 이 기금에서 100달러를 사용해 그녀의 범칙금을 납부하겠다고 했다. 매릴린은 아무것도 내지 않아도 됐다. 그 기금은 깊은 동정과 연민을 느끼는 사람들이 보내온 돈이기 때문이었다.

"그들의 따뜻한 마음이 당신의 차가운 손을 따뜻하게 해줄 수 있으면 좋겠군요. 그리고 회복에 도움이 되기를 바랍니다." 나는 그녀에게 말했다.

그녀가 환하게 웃었다.

모두가 어려운 사람을 금전적으로 도울 수 있는 것은 아니지만, 다들 불우한 사람을 도울 자신만의 방법을 찾아보길 바란다. 아시시의 성 프란체스코가 말했듯이, "주는 것이 곧 받는 것이기 때문이다."

좋은 의료서비스는
왜 필요한가

내 법정에서 나는 건강에 문제가 있는 사람과 심각한 병을 앓는 아이를 둔 부모를 많이 봤다. 다들 병원비로 허덕이고 있었고, 그들을 떠올리면 지금도 괴롭다.

미국 통계국에 따르면 2022년 고용주가 제공하는 건강보험에 가입된 미국인은 54.5퍼센트에 불과하다고 한다. 보험 가입자들의 보험료와 본인 부담금도 급등했다. 미납 의료비는 이제 미국에서 파산의 주요 원인이다. 정말 마음 아픈 일이다.

세계 역사상 가장 부유한 국가는 모두가 최고의 의료서비스를 받을 수 있는 길을 찾아낼 수 있어야 한다. 물론 나도 해결책은 모른다. 하지만 우리 모두 힘을 합치면 이 부담을 나눌 수 있을 것이고 모두가 더 건강하게 살 수 있을 것이다.

누군가가 자신 혹은 사랑하는 사람들의 건강을 챙기는 당연한 일을 하다가 발부된 딱지는 기각하는 것이 늘 나의 원칙이었다.

예컨대 어느 날 젊은 여성이 법정에 출석했다. 머리에 붕대를 감고 있었고 여러 가닥의 선이 치료의 일부로 보이는 장치에 연결되어 있었다. 그녀는 발작으로 치료받고 있다고 진술했다.

그녀는 75달러 딱지를 떼였고, 55달러를 납부하고 나머지 20달러는 치료비를 내고 몇 주 후에 납부하기로 했다. 하지만 시에서 같은 딱지로 225달러를 청구한다는 통지를 받았다. 그녀는 청구받은 225달러 대신 먼저 약속한 20달러를 내면 안 되겠냐고 물으러 법정에 섰다.

나는 20달러에 내 생존이 달려있던 시기가 떠올랐다. 그래서 심각한 질병이 있는 데다 55달러를 이미 납부한 젊은 여성에게 20달러가 큰돈이라는 사실을 이해할 수 있었다.

나는 그녀의 범칙금을 모두 기각했다.

또 한번은 다른 젊은 여성이 30달러 주차 위반 딱지에 항의하러 내 법정에 출석한 적도 있었다. 나는 그녀가 이 딱지에 불

복하는 데는 그만한 이유가 있다는 느낌이 들었다. 그리고 그녀의 말을 듣고 놀랐다. 그녀는 심장이 고장 났다고 했다. 하지만 흔히들 생각하는 그런 의미에서 말하는 것은 아니었다.

그녀는 몇 달 전 브라운대학교에서 새 일자리를 얻었다고 말했다. 그런데 출근 둘째 날 쓰러졌다. 알고 보니 그녀에게는 자발적 관상동맥 박리(spontaneous coronary artery dissection, SCAD)가 있었다. 심장 판막 하나가 고장이 나서 심근경색이 일어날 수도 있다는 의미다. 명백한 원인이 없고, 그녀의 경우에도 어쩌다 발생한 건지 설명할 길이 없었다. 그래도 그녀는 살아 있다는 것에 감사했다.

심근경색을 일으킨 후 몇 달이 지나 그녀는 일단 시간제로 직장에 복귀했다. 주차할 곳을 찾느라 40분을 보냈고 한 차가 빠져나가자 그 자리에 주차했다. 적법한 주차 공간이 아니라는 어떤 표시도 없었다고 했다.

그녀에게 죽을 뻔한 위기를 겪고 나서 삶을 보는 관점이 달라졌는지 물었다. 그녀는 언제든 죽을 수 있다는 사실을 받아들이는 게 쉽지는 않다고 말했지만, 항상 긍정적인 관점을 가지고 있었다.

그녀에게 우리 모두 응원한다고 말했다. 그리고 죽을 뻔했던 경험을 했던 사람들 다수가 살아 있다는 것에 더 감사함을 느끼게 된다고 말했다.

"하루하루를 즐기세요. 삶은 귀중한 선물이니까요." 그녀에게 말했다.

나는 그 사건을 기각했다.

모두에게 좋은 의료서비스가 제공되는 것은 너무나 중요하다. 우리는 언제 건강상의 위기를 맞을지 결코 알 수 없다. 아는 사람이 아프다면 우리는 그들이 적절한 치료를 받게 하려고 백방으로 노력할 것이다. 미국은 아주 많은 사람의 피난처이자 생명줄이었다. 우리는 이 나라가 사람들이 감당할 수 있는 의료서비스를 제공할 방법을 찾아야 한다.

흔히 우리는 다른 누군가, 특히 그럴 형편이 안 되는 사람들의 의료서비스를 우리 돈으로 제공한다고 생각하기도 한다. 하지만 병으로 발생하는 비용과 아픈 부모와 살거나 부족한 의료서비스로 부모를 잃은 아이들에게 미치는 영향은 그보다 훨씬 더 크다. 연민을 가지고 행동하자. 함께라면 우리는 혼자서는 감당할 수 없는 것을 감당할 수 있다.

비극 앞에서
판사가 할 수 있는 일

우리 모두 인생은 공평하지 않다는 걸 알고 있다. 가끔 끔찍한 비극을 겪고 여러모로 고통받고 있는 사람들이 내 법정에 출두하는 경우도 있었다. 그래서 나는 그들에게 짐을 더해줄 수 없었다. 특히 잊히지 않는 한 사건은 안드레아 로저스의 사건이다.

안드레아는 두 대의 차로 떼인 11건의 딱지로 출석했다. 5건은 10년 전 거였고, 2건은 그로부터 몇 년 후, 4건은 최근 떼인 주차 위반 딱지였다. 나는 안드레아에게 10년 전 딱지는 다루지 않고 6건만 다루겠다고 말했다.

안드레아는 눈물을 글썽이면서 10년 전 딱지는 사회보장국에 갔을 때 떼인 것이라고 진술했다. 사회보장국은 그녀의 아들이 75달러를 초과 지급받았다며 보조금 지급을 중지했고 초과 금액을 반환하라고 했다. 하지만 그녀의 아들은 사망했다. 살해당했다. 그런데도 사회보장국은 여전히 상환을 요구하며 그녀에게 돈을 주지 않고 있었다.

다른 하나는 집주인이 그녀를 쫓아내서 법정에 갔을 때 떼인 것이라고 했다. 법정에 있는 동안 주차 시간을 초과해 주차 위반에 걸린 것이다. 설상가상으로 소송에서 집주인이 승소해 그녀는 집에서 쫓겨났다.

한번은 도움을 받으러 법률사무소에 갔다가 주차요금 징수기에 넣을 동전을 얻으러 던킨도너츠에 들른 사이 100달러 주차 위반 딱지를 떼였다.

"뭘 해도 안 될 것 같아요." 안드레아는 말했다. "힘든 한 해를 보냈어요." 그녀는 여전히 아들의 장례식 비용을 치르고 있다고 말했다. "이 돈이 어디서 나올지 모르겠어요."

그러고 나서 그녀는 자신의 이야기에서 가장 가슴 아픈 부분을 말해주었다. 아들을 살해한 사람은 그녀의 동생이었다. 안드레아는 비극을 막지 못했다며 자기 탓을 했다.

안드레아는 이미 너무 끔찍한 일을 겪었다. 나는 금전적으로든 다른 식으로든 그녀의 부담을 가중할 수는 없었다. 그래서 주차 위반 범칙금을 기각했다.

안드레아의 말처럼 가끔은 정말로 뭘 해도 안 될 것처럼 보이기도 한다. 하지만 지금 비가 오고 있다고 해서 태양이 다시 밝게 빛나지 않는 것은 아니다. 어떤 자동차 범퍼에서 진부해 보이지만 진리를 말하는 문구를 본 적이 있다. "비가 내리지 않으면 무지개도 뜨지 않는다."

"이 또한 지나가리라"라는 유명한 말도 같은 뜻이다. 그리고 정말로 그렇다.

교통법원에서 하는 진술을 듣고 그 사람에 대해 믿기 어려울 정도로 많은 것을 알 수 있다. 나는 그저 어떻게 지내느냐고 다정하게 물어보고 속마음을 믿고 털어놔도 된다고 알려주기만 하면 됐다. 나는 그녀를 난처하게 만들려 하지 않았다. 그녀가 자신의 괴로움에 관해 이야기할 때 어색하게 굴지 않았다. 요컨대, 나는 그녀가 마음을 열고 약한 소리를 할 수 있는 안전한 환경을 조성했다. 그녀는 누가 봐도 엄청난 괴로움을 겪고 있었다. 나는 내가 그녀의 이야기에 관심을 기울이고 그녀가 아주 힘든 시기를 보내고 있다는 걸 이해한 그 순간이 그녀에게 조금이라도 위안이 되었기를 바란다. 안드레아가 잘 견디고 버텨서 좋은 날을 맞이했으면 하는 것이 내 바람이었다.

안드레아의 사건은 텔레비전과 소셜미디어에서 방송되었다. 우리 프로그램의 페이스북 팔로워들은 안드레아를 돕기 위해 크라우드펀딩을 시작했다. 우리는 일절 관여하지 않았다. 시청자들이 자발적으로 5만 달러 이상을 기부했다.

　몇 달 후 내 아들 데이비드는 가정법원에서 친구를 돕는 안
드레아를 만났다. 안드레아는 미납 범칙금을 모두 냈고, 다시는
쫓겨날 염려가 없도록 남은 돈으로 집을 사려 한다고 데이비드
에게 말했다. 안드레아는 여전히 아들을 잃은 것을 슬퍼하고 있
었지만 일면식도 없는 수백 명의 사람이 그녀를 구해주었다는
사실이 그녀의 마음을 희망과 감사로 가득 채웠다.

슬픔에
대처하는 법

죽음과 상실은 우리 모두의 삶에 존재한다. 어머니와 아버지에게는 18명의 형제자매가 있어서 조카인 나는 지금까지 많은 장례식에 참석했다.

형 앤서니는 훌륭한 사람이었다. 형은 나의 보호자였다. 우리는 아버지의 우유 배달 트럭에서 같이 일했고, 오랫동안 같은 방을 썼다. 나는 형에게서 많은 자극을 받았다. 어릴 적에 형은 운동을 무척 잘했고, 축구를 하는 형을 따라서 축구를 시작했다. 형은 군복무 후 경찰이 되었고 다음으로는 교사가 되어 결국 프로비던스의 호프고등학교과 마운트플레전트고등학교의 교장이 되었다. 형을 보고 나도 교사가 될 수 있다고 생각하게 되었다.

형은 몇 년 전 사망했고, 그 이후로 하루도 형을 생각하지 않거나 가슴이 미어지도록 그리워하지 않은 적이 없다. 지금도 형의 기억이 매일 내 선택과 행동에 영향을 준다.

형을 잃고 얼마 되지 않아 존 로즈라는 남자가 법정에 섰다. 어떻게 지내냐고 물었을 때 그가 답을 하기도 전에 잘 지내지 못한다는 걸 알 수 있었다. 하지만 먼저 그는 형 앤서니의 사망에 애도의 뜻을 표했다.

존은 동네 아침 식당에서 앤서니를 만난 적이 있다고 했다. 어느 날 아침 존이 아내와 식당에 갔을 때였다. 식당은 붐볐고 자리가 없었다. 게다가 존보다 늦게 도착한 사람들이 먼저 자리를 안내받은 듯 보였다.

존 부부가 흑인이어서 그랬는지는 확실치 않다. 그런데 그때 앤서니는 한 테이블에 혼자 앉아 있었는데 존과 그의 아내에게 합석하자고 했다. 그들은 금세 형이 좋은 사람이라는 걸 알아봤다. 그날 아침 식사는 형이 계산했다.

형은 그런 사람이었다.

그로부터 몇 년 동안 존 부부는 같은 식당에서 매주 한 번 형을 만나 아침 식사를 함께했다. 형이 사람들의 마음을 어떻게 움직였는지 보여주는 수많은 사례 중 하나다. 형은 아버지와 어머니에게서 열린 마음으로 삶을 대하는 법을 배웠고, 덕분에 주변엔 항상 좋은 사람들이 가득했다.

"앤서니는 세상에서 가장 마음이 넓은 사람이었죠." 존은 말했다.

그러고 나서 존은 법정에 오게 된 이유를 진술했다. 차에 함께 타고 있던 반려견들이 다른 개를 보고 흥분하는 바람에 정신이 없어 빨간불인 줄 모르고 달렸다고 말했다. 하지만 신호를 위반한 건 사실이라고 깨끗이 인정했다.

나는 위반 당시 영상을 보자고 했다. 확인해 보니 그가 신호를 위반한 건 맞지만 타이머에는 "0.3"이라고 찍혀있었다. 그는 겨우 0.3초 위반했을 뿐이었다.

나는 그의 딱지를 기각하고 형을 아는 사람이라 봐준 게 아니라고 설명했다. 겨우 0.3초 차이로 받은 딱지라면 누구의 것이든 기각했을 것이다.

존은 내게 고마워하면서 앤서니를 자주 떠올린다고 말했다. 특히 아내와 아침을 먹으러 갈 때 더 그렇다고 했다.

❖ ❖ ❖

나는 매일 형을 생각하고 형의 죽음을 애통해한다. 나는 슬픔에 빠져 괴로워하는 사람에게 깊은 연민을 느낀다. 슬픔이라는 복잡한 감정은 사람을 짓누를 수도 있다. 나는 언젠가 슬픔에서 벗어날 거라고 말할 수는 없지만 시간이 갈수록 슬픔과 함께 살아가는 법을 배우게 될 거라고는 말할 수 있다.

어느 날 아침 마리오 파루라는 이름의 청년이 어린이보호 구역에서의 위반과 신호 위반으로 내 법정에 출석했다. 마리오는 빨간불에 멈췄는지 아닌지 확실치 않지만 이의를 제기하러 법정에 온 것이 아니라 책임을 지러 왔다고 말했다. 마리오는 분할 납부를 원했다. 그는 아버지가 많은 빚을 남기고 사망해서 경제적으로 어려움을 겪고 있다고 설명했다.

아버지가 언제 돌아가셨냐고 묻자 그는 금세 눈에 눈물이 고이면서 몇 달 전이었다고 말했다. 나는 그가 아버지와 매우 가까운 사이였던 것 같다고 말했다. "가까운 사이였다고는 할 수 없어요." 마리오는 설명했다. 가깝다기보다는 관계를 개선하려 하고 있었다고 말했다. 그의 어머니와 아버지는 그가 어릴 때 이혼했고, 그 후로 그는 아버지와 가깝게 지내지 못했다. "이제 겨우 가까워지려 하고 있었는데, 아버지가 제 삶에서 찢겨나갔죠." 이렇게 말하며 그는 울음을 터뜨렸다.

이어서 마리오는 딱지 중 하나는 100세인 할머니를 뵈러 가다가 떼였다고 밝혔다. 할머니는 우리 동네에 산다고 했다.

할머니의 이름을 들으니 아는 사람이었다. 오래전 우리는 여덟 가구가 사는 공동주택에 살았다. 우리 가족은 2층에 살았고, 마리오의 할머니는 1층에 살았다.

나는 마리오에게 코니 매톡이라는 친절한 여성분이 다른

사람을 도와달라며 50달러를 보내왔고, 그 돈으로 그의 범칙금을 납부할 거라고 말했다. 그는 고마워했다.

슬픔에 빠진 사람은 어마어마한 외로움을 느낄 수도 있다. 많은 이들이 사랑하는 사람을 잃은 사람에게 무어라 말해야 할지 모른다. 우리는 해서는 안 될 말을 하지 않을지 염려하는 나머지 아무런 말도 건네지 않는다. 아니면 저들은 혼자만의 시간이 필요하다고 스스로에게 핑계를 댄다. 하지만 사실은 불편한 상황을 피하고 싶은 것뿐이다. 슬퍼하는 사람에게 해줄 수 있는 가장 좋은 일은 곁에 있어 주는 것이다. 그들을 염려하고 사랑하고 있다고 전하는 것이다.

흔히 우리는 이렇게 묻는다. '우리가 뭘 할 수 있겠어?' 그 답은 간단하다. 연민을 가지는 것이다.

슬퍼하는 사람이 있다면 부디 그들에게 손을 내밀어라. 그럴듯한 말을 하지 않아도 괜찮다. 오래된 스웨덴 속담처럼 "진정한 친구와 함께라면 기쁨은 두 배가 되고 슬픔은 반이 된다."

도움의 손길

마하트마 간디가 이런 말을 한 적이 있다. "사회를 평가하는 진정한 척도는 가장 약한 자들을 어떻게 대우하는가이다."

미국은 세계에서 수감자 수가 많은 나라 중 하나다. 국립교정연구소(National Institute of Corrections)에 따르면 미국은 매년 800억 달러를 공립 교도소에 사용한다고 한다. 흔히 교도소에서 수감자 한 명한테 드는 비용이 대학에 보내는 비용보다 더 많이 든다. 하지만 수감으로 발생하는 실제 비용은 훨씬 더 크다. 수감자 가족의 셋 중 둘은 생필품을 구할 형편이 못 된다. 수감자가 남긴 문제를 그 가족이나 가까운 사람이 짊어져서는 안 된다. 그럼에도 나는 종종 내 법정에서 이런 문제가 미치는 악영향을 봐왔다.

어느 날 아침 제나 베테즈라는 초등학교 교사가 내 법정에 왔다. 그녀는 학교가 방학 중인 어느 여름날 아침, 팔에는 어린 아들 루크를 안고 등에는 아직 아기인 벨라를 업은 채 내 앞에 서 있었다. 그녀 명의의 차로 발부된 딱지 두 건 때문이었다.

제나는 자신을 출두하게 만든 딱지를 받은 사람은 아이들의 아버지라고 진술했다. 그는 감옥에 수감 중이라 나올 수 없었다. 제나는 자기 차에 청구된 딱지를 해결하러 법정에 나왔고, 자기 잘못이 아닌데도 책임을 지기로 마음먹고 있었다.

법조문에 따르면 이 딱지의 청구금을 받아야 했을 것이다. 제나가 차주였으니 청구 근거는 충분했다. 하지만 나는 이 딱지는 그녀가 받은 것이 아니고, 범칙금을 납부하면 그녀가 재정적으로 그리고 개인적으로 큰 어려움에 부닥치게 될 거라는 사실을 알고 있었다. 제나가 교통 법규를 어긴 것이 아니고, 그녀가 좋은 어머니일 뿐 아니라 많은 아이들의 삶에 중요한 영향을 미칠 교사라는 점을 고려해 나는 기소와 범칙금을 기각했다. 그 돈은 루크와 벨라를 키우는 데 쓰여야 했다.

나는 항상 세상의 모든 어머니를 응원할 것이다.

❖ ❖ ❖ ❖

우리는 또한 형기를 다 채우고 출소해서 자기 잘못을 반성하고 자신과 가족을 위해 더 나은 삶을 바라는 전과자들을 응원해야 한다. 형기를 마치고 감옥에서 나온 이들이 좋은 직장과 살 곳을 찾는 것은 사회 전체에도 유익한 일이다.

어느 날 아침, 카일 멜로라는 청년이 6살 아들 케이든을 데리고 법정에 섰다. 그는 교차로에서 양보하지 않았고 안전벨트를 매지 않았고 운전면허 없이 운전했다.

카일은 감옥에서 거의 3년을 보냈다고 진술했다. 그동안 운전면허는 만료되었고 다시 면허를 따기 위해 노력하고 있었지만 그러려면 800달러에 달하는 운전 연수를 해야 했다. 그는 아들을 로드아일랜드 뉴포트에 살고 있는 아이 엄마에게 데려다주는 길에 딱지를 받았다고 말했다. 면허가 만료되어 운전하면 안 되는 걸 알고 있었지만 케이든을 엄마에게 데려다 줄 다른 방법이 없었다고 했다.

부모로서 책임을 다하려는 카일을 처벌해 면허 취득이 더 늦어지게 만드는 건 아무에게도 도움이 되지 않을 터였다. 그리고 카일의 가족이 타격받을 것은 불 보듯 뻔했다. 나는 결국 몇 가지 위반은 기각하고 기부로 받은 법정 재량 기금으로 그의 범칙금을 납부했다.

나는 카일에게 자기 인생을 다시 바로 세우기 위해 무엇을 하고 있느냐고 물었다.

그는 이스트프로비던스에 있는 여관에서 조리사로 일하고 있다고 답했다. "요리를 하고 일이 끝나면 아이를 돌보죠." 그는 케이든을 언급하며 말했다. "그게 답니다. 문제를 일으키지 않으려 노력하고 있어요. 그리고 토요일마다 연수를 받고요. 그저 다 해내려고 애쓰는 중입니다."

나는 그에게 말했다. "쓰러지는 건 죄가 아니지만, 다시 일어서지 않는 건 죄예요. 아들을 생각해요. 당신은 감옥에 있었고 다시 돌아가고 싶지 않을 거예요. 지나간 일은 뒤로해요. 당신을 돕고 싶어 하는 좋은 사람들이 있어요. 하지만 무엇보다도 본인 스스로의 노력이 중요합니다." 카일은 알았다고 했다. 그가 내 조언을 마음에 새겼기를 바란다.

❖ ❖ ❖

안타깝게도 어떤 사람들은 감옥을 여러 번 드나들고 난 후에야 변화할 수 있다.

제프리 터너가 내 법정에 섰을 때 그는 겨우 36살이었지만 삶의 절반을 감옥에서 보낸 후였다. 그는 당시 여자친구와 둘 사이에 생긴 아이와 함께 아파트에 살고 있었다. 그는 면허를 따는

데 걸림돌이 되는 딱지를 해결하러 법원에 왔다. 운전을 할 수 없어서 안정적인 일자리를 찾기 어려운 상황이었다.

제프리의 태도가 무척 진실하고 겸손해서 나는 그에게 다시 한번 기회를 주고 싶었다. 제프리를 믿어보기로 했다. 감옥으로 돌아가는 것보다 감옥 밖에서 사는 게 더 낫다고 생각하리라 믿었다. 나는 그의 딱지와 기소를 기각했다. 덕분에 그는 운전면허를 복권할 수 있게 됐다.

수감자가 감옥에 있는 동안 딱지와 범칙금이 늘어나는 경우가 너무 많다. 감옥에서 나오면 그들은 감당할 수 없는 범칙금을 짊어지게 된다. 흔히 미납부 범칙금 때문에 운전면허는 정지되고, 그렇게 되면 일자리를 찾고 삶을 되돌리기가 거의 불가능해진다. 우리는 가능한 한 이런 장애물을 제거해야 한다. 그게 우리 모두를 위하는 길이다. 수감자가 사회로 돌아와 의미 있게 기여할 수 있다면 우리 모두에게 이로운 일이다.

성경에서는 이렇게 말한다. "눈먼 자 앞에 장애물을 두지 말라." 삶을 바로잡으려는 사람들을 돕는 가교를 더 많이 만들어야 한다.

또 한번은 로드니 구데인이라는 청년이 내 법정에 왔다. 그는 새사람이 되려 했지만 전과자라는 이유로 일자리를 구하기가 어려웠다.

로드니만이 아니다. 미국 노동인구의 3분의 1 정도가 전과기록이 있다. 하지만 전과자 고용을 고려하는 고용주는 8명 중 1명뿐이다. 그 결과 일하고자 하는 의지와 능력이 있는 노동자 다수의 손이 비어 있다. 코넬대학교 노사관계대학원(School of Industry and Labor Relations, ILR)의 형법과 고용촉진(Criminal Justice and Employment Initiative) 프로젝트를 이끄는 티모시 맥넛(Timothy McNutt)의 논문에 따르면 인사담당자들은 전과기록이 있는 직원의 경우 연간 이직률이 평균 12.2퍼센트 더 낮고, 전과기록이 있는 직원을 채용하는 프로그램을 채택하면 이직률이 25퍼센트에서 11퍼센트로 낮아지는 것을 발견했다고 한다.

나는 모든 고용주가 형기를 마친 출소자 채용을 고려했으면 한다. 많은 기업이 인력난에 시달리는 상황에서 그들에게 기회를 주는 것이 합리적이지 않은가? 그들의 삶을 바꾸고 가족을 재결합시키고 지역사회를 재건할 기회를 얻게 될 것이다. 교도소 사업 프로그램(Prison Entrepreneurship Program)과 같이 출소자와 사업체의 연결을 돕는 좋은 기관들이 있고, 재범 방지를 위해 노력하는 비슷한 기관들도 있다.

새 삶을 살아보려는 사람에게 기회를 줄 수 있다면 부디 그렇게 해주길 바란다. 믿음과 친절은 보답받을 것이다.

범죄는
중독성이 있다

연민을 갖고 타인을 대하는 것도 중요하지만 연민에도 한계가 있음을 명확히 해야 한다. 아무리 인간의 본성이 선하다고 믿고 싶어도 범죄자 다수가 다시 범죄를 저지르는 것이 현실이다. 이를 잘 보여주는 사례가 하나 있다. 다른 사람들도 주목한 사례였다. 이 영상은 5000만 명이 넘는 사람들이 시청했다. 내 법정에 나타난 가장 잊을 수 없는 인물 중 하나인 윌리엄 세케이라의 사건이다.

내 법정에 처음 섰을 때 윌리엄은 50대 중반이었다. 그는 농작물을 운송하는 트럭을 몰고 있었다. 딱지 세 건을 받았는데 어쩌다 받았는지 잘 모르겠다고 했다. 그는 38년을 감옥에서 보냈다고 말했다. 30년은 연방교도소에서 7년은 주립교도소에서 보냈다고 했다.

월리엄은 은행강도였다. 그는 강도였을 때 150개의 은행과 현금 수송 차량을 털었다. 때로는 같은 은행을 두 번 턴 적도 있었다. 한 은행을 털어서 번 가장 큰 액수는 50만 달러였다. 40만 달러는 냉장고에 보관했다. 영화 「타운(The Town)」(2010)에서 벤 애플렉이 연기한 더그 맥레이를 보고 영감을 얻었다고 했다.

월리엄은 8살 때 아버지가 사망한 후 엇나가기 시작했고 양육시설에 보내졌다고 했다. 18살 때 그는 보스턴으로 가서 트리플오스라운지에서 많은 시간을 보내기 시작했다. 보스턴의 아일랜드 갱단 두목 화이티 벌저(Whitey Bulger)가 왕 행세를 하던 바였다. 머지않아 윌리엄은 강도단의 일원이 되었다. 그는 강도질에서 얻는 흥분은 중독적이었다고 말했다. 그는 스톱워치를 가지고 다녔고, 강도단은 60초 이내에 일을 끝냈다.

"'들어가서, 집고, 나온다'였죠." 그는 말했다. "돈을 많이 벌었어요."

하지만 월리엄은 결국 그의 말에 따르면 로드아일랜드 역사상 가장 큰 경찰의 추격전 끝에 잡히고 말았다. 그리고 연방교도소에 수감되었다.

"아무도 연방교도소에 가고 싶어 하지 않아요." 그는 설명했다. "거기는 정말 안 좋아요. 아주 폭력적이고 정말로 위험한 곳이죠." 그는 계속해서 연방교도소는 위험하고 폭력이 잦은 곳이라고 말했다. 거기서 그는 찔리기도 했고 다른 사람을 찔러야 하기도 했는데, 안전하게 지내려면 갱의 일원이 되는 수밖에 없었다. 뉴잉글랜드의 모든 연방교도소에는 보스턴 범죄자들이 있었고, 윌리엄은 그 갱단에 입단했다. 그는 갱의 일원임을 나타내는 귀 옆의 "B" 문신을 보여주었다.

그런데 애틀랜타에 있는 연방교도소에서 지내던 어느 날 감방문 아래로 편지 한 통을 받았다. 편지는 최근 대법원의 존슨 대 미합중국 판결을 알려주었다. 이 사건에서 대법원은 총기소지이력범죄자법(Armed Career Criminal Act)에서 '폭력 중범죄'의 정의가 헌법에 위배될 정도로 모호하다고 판단했고, 이 법에 따라 유죄 선고된 모든 사건을 재검토했다. 그의 사건도 그중 하나였다.

"당신의 사건은 존슨 사건의 기준에 부합합니다." 그 편지는 설명했다. "프로비던스 연방(지방)법원에서 다시 판결을 받게 될 것이고 즉시 석방될 겁니다."

윌리엄은 다시 자유를 얻었다. 석방된 지 3년째였다. 그는 일자리를 구했고 다시는 감옥에 돌아갈 생각이 없다고 말했다. 새 사람이 된 것처럼 보였기 때문에 나는 그에게 기회를 주기로 했다. 딱지 세 건에 대해 150달러만 범칙금을 내렸고 조지아주 워너로빈스시의 전 시장 척 샤힌이 필로미나 기금에 기부한 150

달러를 사용해 범칙금을 납부하기로 했다.

신호 위반 세 건으로 내 법정에 온 윌리엄 세케이라의 등장은 많은 관심을 끌었고 데이비드와 나는 그의 이야기를 더 자세히 듣기 위해 그를 찾아갔다. 그때도 그는 앞으로 범죄를 저지르지 않기로 결심했고 다시는 감옥으로 돌아가지 않겠다고 말했다.

불행히도 3년 더 자유를 누린 후 59세의 윌리엄 세케이라 혹은 언론에서 붙인 별명에 따르면 '보스턴 빌리'는 나흘 동안 보스턴에서 네 개의 은행을 털고 다섯 번째 은행을 털려다가 체포 및 기소되어 보스턴 법정에 출석했다. 결국 유죄가 선고됐고 징역 54개월을 선고받았다.

이런 일이 드물지는 않다. 내가 본 통계에 따르면 출소자의 77퍼센트가 5년 안에 다시 체포된다고 한다. 감옥에서의 생활이 얼마나 끔찍한지 알면서도 다시 범죄를 벌이는 것이다.

가끔은 우리가 아무리 좋은 뜻으로 최선을 다하고, 당사자로부터 약속까지 받아내더라도 그 한 사람을 범죄에서 완전히 벗어나게 하지는 못할 때가 있다. 그렇다고 해서 우리가 타인을 돕는 걸 그만둬서는 안 된다. 그래서 오히려 출소 후 새 삶을 살려는 사람들을 더 적극적으로 지지해야 한다.

집이 없어도
좌절은 없다

노숙자 문제는 전국에 유행병처럼 퍼져 있고 아직 치료법이 없다. 하지만 한 번 노숙자가 되었다고 해서 평생 노숙자로 살아야 하는 건 아니다. 노숙자 생활에서 벗어나기 위해 열심히 노력하는 사람이 많고 그들을 돕는 기관과 사람도 많다. 내 법정에서도 이런 사람들을 자주 봤기 때문에 잘 알고 있다. 그들이 보여주는 연민은 항상 귀감이 되었다.

내 마음을 무척 아프게 했던 사건의 주인공은 칼 스미스였다. 칼은 내 앞에 섰을 때 힘든 한 해를 보냈다고 말했다. 그는 노숙자였고 차에서 생활하고 있었다. 그는 40년 동안 신문 배달을 하며 살았다. 주차 위반으로 10달러 딱지를 떼였고 미납 범칙금도 20달러가 있었다.

나는 그의 미납 범칙금을 취소했다. 그리고 퀸 경감에게 필로메나 기금에서 현금 50달러를 칼에게 주라고 했다. 그가 건강한 식사를 하고 제대로 된 곳에서 잠을 자는 데 그 돈을 사용하기를 바라면서.

슬프게도 칼과 같은 상황에 있는 사람은 전혀 드물지 않다. 적당한 가격의 주택이 부족하기 때문이다. 미국 주택도시개발부(Department of Housing and Urban Development, HUD)의 「2022 노숙자 실태조사 보고서」에서는 2022년 미국에서 특정 시점에 노숙하는 미국인이 582,500명이라고 추산했다. 설상가상으로 많은 지역사회가 이제 차에서 생활하는 것을 범죄로 규정했다. 그래도 많은 비영리단체는 노숙자가 지정된 주차장에서 안전하게 하룻밤을 보낼 수 있도록 안전 주차 프로그램을 시행하는 등 노숙자를 배려하는 접근을 시도하고 있다. 이런 주차장 대부분에는 칼 같은 사람이 영구 주택을 찾을 수 있도록 도와주는 사회복지사들이 있다.

다들 자기 지역의 노숙자 지원단체를 후원하라고 권하고 싶다. 누구나 인간으로서 최소한의 존엄과 따뜻하고 안전한 잠자리를 누릴 자격이 있다.

　　　　　　　❖ ❖ ❖

　나를 무척 슬프게 했던 또 다른 사건의 주인공은 티샤 밀러이다. 그녀는 무료 법률상담소의 변호사, 희망의 집에서 일하는 사회복지사 메건 스미스와 함께 법정에 나왔다. 희망의 집은 1989년부터 노숙자들에게 안전하고 안정적인 주택을 공급해 노숙자 문제를 해결하려 노력해 온 프로비던스의 지역구호단체다.

　티샤의 변호인은 그녀가 오랜 기간 노숙 생활을 하며 차에서 혹은 밖에서 지냈다고 했다. 프로비던스에서는 영구 주소가 없는 사람에게 주차 허가를 내주지 않아 주차 위반 딱지가 쌓였고, 결국 바퀴에 잠금장치가 부착됐다.

　티샤는 어린 딸 제미아를 법정에 데려왔다. 나는 아이가 몇 명이 있냐고 물었다. 그녀는 네 아이가 더 있지만 셋은 다 자랐다고 했다. 그리고 41살에 막내딸 제미아를 낳았다고 했다.

　나는 티샤에게 일하고 있냐고 물었다. 그녀는 섬유근통을 앓고 있어 일은 하지 못하지만 희망의 집에서 사회보장급여를 받을 수 있게 도와주고 있다고 말했다. "아주 오랫동안 수렁에 빠져 있는 것 같아요"라고 그녀는 말했다. 하지만 이제는 희망이 있었다. 희망의 집과 노숙자 문제 해결을 위한 로드아일랜드 연합체와 같은 단체, 그리고 메건 스미스와 같은 사람들 덕분이었다. "그들은 자기 일을 사랑해요." 그녀는 말했다. "이렇게 좋은 사람들을 만난 건 정말 오랜만이에요. 그리고 그들이 주는 도움을 정말 감사하게 받고 있어요. 덕분에 다시 제가 중요한 사람처럼 느껴졌어요.”

티샤는 어느 날 메건과 그녀의 동료들이 주차장에서 다른 사람들을 돕는 모습을 봤다고 했다. 그녀는 메건에게 다가가 도움을 청했다. “메건은 도와주겠다고 했고 그날 이후로 새 삶을 살 수 있게 도와주고 있어요.”

나는 티샤에게 기소와 범칙금을 전부 기각하겠다고 말했다. 그리고 필로미나 기금을 사용해 그 자리에서 그녀에게 50달러를 주었다.

티샤는 몸 둘 바를 몰랐다. “재판장님, 저는 돈이 하나도 없어요. 정말로 감사합니다. 정말 감사해요.” 눈물을 글썽이며 그녀는 이렇게 덧붙였다. “재판장님은 모르실 거예요. 오늘 아침에 일어나서 저는 ‘우유를 사야 해, 이것도 사야 하고, 저것도 사야 해’ 하고 있었죠. 하지만 결심했어요. 그건 걱정하지 말고 일단 법원에 가자고요.” 그녀는 울면서 말을 이었다. “정말로 감사드려요. 최근에 제게 잘해준 분들이 너무 많아요. 그런 적이 한 번도 없었는데… 복 받은 것 같아요.”

그녀의 딸 제미아는 내게 물었다. “안아줘도 돼요?” 그리고 나를 안아주었다.

이 영상을 아직 보지 않았다면 보길 바란다. 이 에피소드의 제목은 '희망의 집(House of Hope)'이고 「프로비던스에서 잡히다」의 소셜미디어 페이지에서 찾을 수 있다. 큰 감동을 주는 이야기다.

이 이야기에서 중요한 건 티샤의 감정이라고 생각할 수도 있다. 하지만 그렇지 않다. 이 이야기의 핵심은 메건 스미스, 희망의 집, 티샤의 변호인이 티샤 모녀의 삶에 가져다준 변화다.

그리고 제미아의 포옹을 받고 내가 어떤 기분이 들었는지다.

누군가를 돕자. 기분이 좋아진다.

일상의
영웅

저녁 뉴스와 온라인 뉴스는 사람들의 시선을 끄는 범죄 사건들로 헤드라인이 가득하다. 우리가 기려야 할 우리 주변의 일상적인 영웅들은 그만큼 주목받지 못한다.

이런 생각을 하다 내 앞에 섰던 한 젊은 여성이 떠올랐다. 그녀의 이름은 베로니카였다. 그녀는 로드아일랜드 병원 근처의 교차로에서 신호를 위반했다.

베로니카는 성폭력과 가정 폭력 사건을 다루는 데이원이라는 단체에서 피해자 변호사로 자원봉사를 하고 있다고 말했다. "기본적으로 언제든 대기하고 있어야 하고 때로는 경찰서나 병원에서 연락이 올 때도 있어요." 베로니카는 딱지를 떼였을 때도 그런 날이었고, 변호 요청을 받은 피해자는 새벽 5시부터 병원에서 기다리고 있었다고 진술했다. "피해자가 이미 네 시간이나 기다리고 있었기 때문에 서둘렀어요."

이어진 진술에서 베로니카는 피해자를 만나면 대개 함께 앉아서 그들에게 이렇게 이야기해 준다고 말했다. 당신 잘못이 아니며 당신 때문에 이런 일들이 일어나는 게 아니라고. 그녀는 지원단체와 보호소에 대한 정보를 비롯해 많은 피해자들이 필요로 하는 지원과 자료를 제공하려고 노력했다.

나는 베로니카가 이렇게 중요한 자원봉사 활동을 하고 있다는 사실에 깊이 감명받았다.

나는 그녀에게 말했다. "결국 우리는 그런 걸로 심판받게 될 겁니다. 우리가 마주친 사람들의 삶에 일으킨 변화와 절망에 빠진 사람들에게 불어넣은 희망으로요."

우리는 그녀가 빨간불에 달리는 영상을 보았다. 베로니카가 신호를 위반한 것은 명백한 사실이었다.

나는 그날 법정에 있었던 댄 캐리그넌 경감에게 어떻게 판결을 내려야겠냐고 물었다. 캐리그넌 경감은 매우 존경받는 프로비던스의 경찰관이고 아주 올곧은 사람이라 나는 그에게 법집행에 관한 솔직한 의견을 묻곤 했다.

캐리그넌 경감은 말했다. "재판장님, 우리 경찰은 데이원과 매우 긴밀하게 협력하고 있습니다." 그는 베로니카가 "프로비던스 경찰과 검찰이 이런 피해자들의 문제를 다룰 때 매우 큰 도움이 됩니다"라고 말했다.

캐리그넌 경감은 빈말하는 사람이 아니었다. 정황을 고려해 이 사건은 기각되었다.

이 세상은 일상의 영웅들로 가득하다는 생각이 든다. 선한 마음으로 지역사회에 기여하는 베로니카 같은 사람들 말이다. 나는 매일 법정에서 이런 영웅들을 보았다. 세상에는 이렇게 타인에게 도움을 주는 사람이 수천, 수백만 명이나 있다는 사실을 떠올리면 마음이 따뜻해진다. 이들은 말보다 행동으로 보여주는 사람들이다. 나는 이런 점들을 고려해서 판결을 내리는 것이 전적으로 타당하다고 생각한다. 캐리그넌 경감도 그랬다.

세상에는 베로니카 같은 사람들이 더 많이 필요하다. 만약 당신이나 당신이 아는 누군가가 성폭력이나 가정 폭력의 피해자라면 데이원처럼 당신이 필요로 하는 지원과 자료를 제공하는 단체가 있다는 사실을 꼭 알아두었으면 한다.

친절의 파급력

성경에 이런 말이 있다. "가난한 이에게 베푸는 자는 주님께 빌려드리는 것이니, 주님께서 그의 선행을 갚아주시리라."

중국 속담에 이런 말이 있다. "한 시간 행복하고 싶다면 낮잠을 자라. 하루를 행복하게 보내고 싶다면 낚시를 하라. 1년을 행복하게 보내고 싶다면 유산을 물려받아라. 평생 행복하게 살고 싶다면 누군가를 도와라."

나는 내 법정에서 이 말을 증명하는 사례를 늘 보아왔다.

예컨대 셰릴 바티스타는 신호 위반 한 번, 위법 주차 두 번의 범법 행위를 했고, 5년 전에 받은 딱지 중에는 아직 범칙금이 체납된 것도 있었다. 셰릴은 지난 20년간 장애가 있는 참전군인들을 병원에 데려다주는 일을 해왔는데, 위반이 일어난 날 아침에 정기적으로 병원에 태워다주는 참전군인 한 명이 피를 토하기 시작했다고 진술했다. 그녀는 서둘러 병원으로 향했다. 보훈병원에는 주차할 곳이 없고 상황이 급한지라 그녀는 견인 구역에 주차할 수밖에 없었다.

그렇다, 거기 주차한 건 잘못이었다. 그렇다, 딱지를 받아 마땅했다. 그렇다, 나는 딱지를 집행해 셰릴이 범칙금을 내게 할 수도 있었다. 더 큰 처벌과 범칙금을 추가할 수도 있었다. 하지만 만약 그랬다면 그 판결은 내가 셰릴의 사건을 제대로 이해하지 못했다는 걸 보여줄 뿐이었을 것이다.

셰릴은 인간 세상에 내려와 신의 뜻에 따라 우리를 돕는 천사 중 하나다. 그녀는 선한 사마리아인보다도 더 선하다. 우리 모두에게 귀감이 된다.

그녀는 응급 상황에서 참전군인의 목숨을 구하려 했다. 그것 때문에 그녀가 처벌받아야 할까? 딱지 기각!

❖ ❖ ❖

누구나 다른 사람에게 크고 작은 도움을 줄 수 있다. 내 영상이 모든 소셜미디어 플랫폼에 업로드된 덕분에 전국은 물론이고 전 세계에서 다른 사람을 돕고 싶어 하는 이들의 편지가 왔다. 법정이나 내 프로그램에서 나를 보고 타인에게 친절을 베푼 모든 분에게 감사드린다. 타인의 친절을 받은 사람들이 마찬가지로 불우한 누군가에게 친절을 베풀어 선행을 나누기를 진심으로 바란다.

내가 몽상가일지도 모르지만 나는 낯선 사람에게 친절을 베푸는 사소한 행동이 한 사람에게서 다음 사람에게로, 한 지역사회에서 다음 지역사회로 퍼져나가는 파급 효과를 일으킬 것이라고 굳게 믿는다. 그 결과로 사회는 더 친절하고, 더 배려 깊고, 더 연민 넘치는 곳이 될 수 있다. 자신과 타인의 삶을 변화시키는 또 다른 방법은 멘토가 되는 것이다. 청년들의 인생에 긍정적인 영향을 미칠 좋은 기회일 뿐 아니라 자기 삶에도 더 깊은 의미가 생긴다. 멘토들은 자신이 의미 있는 일을 해내고 있다고 느낀다. 그들이 평생 갈고닦은 기술이 가치가 있다는 것을 떠올리게 된다.

멘토가 되는 것에 관심이 있다면 동네 학교나 자신이 속한 종교 공동체에서 자원봉사를 해보라고 추천하고 싶다. 절대 후회하지 않을 결정이 될 것이라 보장한다. 도움이 필요한 사람은 너무나 많다.

그러니 어떤 방식으로든 앞장서자. 오늘 낯선 사람에게 좋은 일을 하고 그 보답으로 그들도 타인에게 선행을 베풀어 달라고 해보자.

＜ 3부 ＞

·

존중

존중에
관하여

존중이라는 말은 자주 쓰이지만, 실제로는 좀처럼 실천되지 않는 단어 중 하나다. 존중하는 법 그리고 존중을 나타내는 법은 정말로 많다. 존중은 자신의 혹은 상대의 지위와 상관없이 다른 사람에게 주어야 하는 것이다. 존중은 타인을 인간적으로 대하는 것을 뜻한다.

타인을 존중하는 것이 중요한 만큼 자기 존중도 필요하다. 어떻게 행동하는가, 어떻게 처신하는가는 타인에게 존중을 전달하는 것에 그치지 않고 때로는 자신에 대한 존중을 요청하는 방식이 되기도 한다. "자신이 대접받고 싶은 대로 남을 대접하라"는 원칙은 황금률이다.

성경에서는 아버지의 죄를 자식에게 씌워서는 안 된다는 말이 있다. 하지만 역으로 아버지가 존중받을 자격이 없더라도 당신의 행동은 가문의 이름을 빛낼 수 있다. 그러니 학대하는 부모 또는 부패한 정치인, 악덕 교사나 코치처럼 존중받을 자격이 없는 사람을 대할 때에도 어떻게 행동하는가가 당신이 어떤 사람인지를 나타낸다. 나는 흔히 이것을 '내 집 앞을 깨끗하게 유지하는 것'이라고 말해왔다.

나는 평생의 경험에 비추어 내가 어떻게 처신하느냐에 따라 상대가 아무리 비이성적인 사람이라도 더 나은 행동을 하게 만들 수 있다고 믿는다. 그리고 만일 그렇지 않더라도, 그 상황에서 자신의 처신에 스스로 만족한다면 소용없었다는 실망감이 덜할 것이다. 마음속으로 자신이 최선을 다했다는 것을 알 테니 말이다.

친구, 동료, 가족 사이에서 존중을 나타내는 것은 중요하다. 다른 사람을 존중한다는 것은 설사 내가 동의하지 않더라도 그들의 의견, 그들만의 관점과 경험을 비롯해 그들 자체를 있는 그대로 존중한다는 것이다. 진심으로 타인을 바라보고 그들에게 귀 기울이는 것이다.

존중에서부터 모든 좋은 일들이 시작된다.

분노에
발목 잡히지 말라

흔히 변호사가 의뢰인을 위해 더 강하게 나갈수록 의뢰인에게 더 유리하다고들 한다. 상대방이 내게 고함을 치면 나도 고함을 쳐야 하고, 목소리가 높을수록 더 좋다고들 한다. 하지만 내 경험에 따르면 사실과는 거리가 먼 얘기다.

누군가 나와 내 의뢰인에게 화가 나 있다면 의뢰인에게 가장 이로운 방식으로 상대방의 분노를 가라앉힐 전략을 세워야 한다. 상대가 부당하게 나와 내 의뢰인을 존중하지 않더라도 상대방을 존중해야 한다. 내가 편견 없이 예의를 지켜 대하려 한다는 걸 알게 되면 상대방은 결국 화를 가라앉힐 것이다. 그리고 내가 공격적으로 대할 때보다 내 얘기를 더 잘 들어줄 것이다.

내가 일하면서 거둔 성과 중 인생을 가장 크게 변화시킨 일은 맞서 싸우지 않았기 때문에 가능했다. 이 이야기를 해보겠다.

주 검찰총장 선거에서 패했을 때 나는 출마하기 위해 의원직을 사퇴한 후여서 일자리가 없었고 게다가 가진 돈도 없었다. 그래서 나는 다시 변호사로 복귀했고 어떤 사건이든 기꺼이 맡으려 했다.

어느 날 조 앤이라는 여성이 사무실을 찾아와 이혼소송 변호를 의뢰했다. 나는 이혼 전문 변호사는 아니었지만 의뢰를 수락했다.

곧 전 남편이 될 그녀의 남편 리처드 오스터가 프로비던스에서 유명하고 잘나가는 사업가라는 사실을 알게 되었다. 두 사람 사이에는 어리고 예쁜 아이가 둘 있었지만 안타깝게도 부부 사이는 틀어졌고 이혼할 때면 흔히 그러듯이 걷잡을 수 없이 사이가 악화되었다.

직접 알아본 결과, 리처드는 좋은 사람인 데다 좋은 사장이자 자선가로도 평판이 좋다는 걸 알게 됐다. 하지만 그가 내 의뢰인에게 매우 분노하고 있는 것도 알고 있었다.

그래서 나는 조 앤에게 전략이 있으니 따라 달라고 말했다. 나는 리처드의 변호사에게 연락해 약속을 잡고 그의 사무실에서 만나자고 했다. 조 앤에게는 남편을 만날 때 남편이 도발하려고 무슨 말을 하든 아무 말도 하지 말라고 일러주었다. "대응하지 마세요.” 나는 그녀에게 말했다. “뭐라 하든지요.”

처음으로 모인 날 리처드는 조 앤이 있는 자리에서 자신의 결혼 생활이 얼마나 잘못됐는지 말하면서 아내에 대해 온갖 지독한 말을 퍼부었다. 조 앤은 내 말에 따라 분노를 터뜨리는 그에게 아무런 대응도 하지 않았다.

나는 일부러 2주의 시간을 두고 리처드의 변호사에게 다시 연락해 또 약속을 잡자고 했다. 상대 변호사 사무실에서 리처드는 다시 한번 분노로 이성을 잃었다. 분위기는 더 험악해지고 그의 목소리도 높아졌다. 하지만 내 의뢰인은 이번에도 내 지시에 따라 아무 말도 하지 않았다.

세 번째로 만났을 때 그는 차분해져 있었다. 자기 감정을 전부 쏟아낸 리처드는 마침내 마땅히 해야 할 일을 하기로 했다. 합리적인 조건으로 이혼에 협의한 것이다. 결국 나는 만족스러운 결과를 얻었고 내 의뢰인 조 앤도 기뻐했다. 리처드는 합리적이고, 점잖고, 너그러운 사람이라는 평판에 걸맞게 행동했다.

그런데 그 후 예상치 못한 일이 일어났다. 이혼이 확정되고 얼마 지나지 않아 리처드에게서 연락이 왔다. “만나서 이야기를 나누고 싶습니다.”

나는 리처드에게 최근 사건의 상대 의뢰인과는 단둘이 만나지 않는 것이 원칙이라고 말했다. 리처드는 이혼과는 관련이 없는 일이라며 나를 설득했다. “사업 관련 얘깁니다.” 새로운 문제라면 이해 충돌이 일어나지 않을 테니 (그리고 아직 들어오는 사건은 뭐든 맡으려 하고 있었으므로) 리처드를 만나기로 했다.

약속 장소에 나타난 나를 보자마자 리처드는 물었다. "어떻게 한 겁니까?"

"어떻게 한 거냐니, 뭘 말씀입니까?" 나는 되물었다.

"도대체 뭘 했길래 내가 전처에게 그렇게 관대해진 거죠? 나는 정말 머리끝까지 화가 나 있었는데."

나는 전략이 있었다고 설명했다. 그가 점잖은 사람이라는 평판을 들었고, 그래서 가슴 속에 있는 응어리와 불만을 다 털어내고 떨쳐버리면 아내를 이성적으로 대할 것으로 생각했다고 말했다.

"놀랍군요." 리처드가 말했다. 그리고 이어서 자기 회사 변호사로 나를 고용하고 싶다고 말했다. 나는 그에게 기업의 상근 변호사로 일할 수 있을지 잘 모르겠다고 했다.

"내 회사의 상근 변호사로 일해달라는 게 아닙니다. 외부 자문 변호사로 일해주셨으면 합니다. 고정된 임금이 아니라 거래의 가치와 자문 시간에 따라 훨씬 더 많은 돈을 드릴 겁니다."

나는 그의 제안을 수락했다. 그리고 그와 우정을 쌓으면서 세상을 보는 시각이 넓어졌다. 신기하게도 리처드와 재혼한 샌디는 내가 가르치던 학생이었고 아내 조이스의 친한 친구였다. 우리는 함께 아이들을 키우고, 함께 여행하고, 함께 서로의 집에서 휴일을 보냈다. 우리는 서로를 가족으로 생각했다. 리처드는 이 세상을 떠날 때까지 나의 가장 친한 친구였다. 샌디와 그녀의 아이들과는 여전히 가깝게 지내고 있다.

상상해 보라. 이혼소송에서 어떤 남자의 아내를 변호했는데 그 사람이 결국 가장 친한 친구가 되다니. 누구도 예상하지 못했을 일이다. 이 이야기가 주는 중요한 교훈은 누군가와 싸우기보다는 그의 말에 귀를 기울이는 것이 더 좋은 방책이라는 것이다. 상대를 존중하는 것이 무례하게 굴고 갈등을 악화시키는 것보다 더 나은 전략일 수 있다.

결국은 태도다

적절한 존중을 표하는 데는 첫인상이 중요하다. 그리고 태도도 그만큼 중요하다.

나는 법정에 출두한 사람이 환하게 웃는 얼굴로 좋은 태도를 보일 때가 특히 좋았다. 그리고 그런 일은 거의 매일 있었다. 법정에 있을 때나 사람을 고용할 때, 첫인상과 태도는 내가 누구를 도울지 결정하는 데 중요한 요소였다.

내 법정에 한 노숙자가 출석한 적이 있었다. 그는 죽어가는 아버지를 돌보기 위해 일을 그만뒀다고 했다. 아버지가 돌아가시고 더 이상 집세를 감당할 수 없게 된 그는 소형트럭에서 생활하고 있었다. 그는 이제 다시 일을 찾아볼 준비가 되어 있다고 했다. 모든 어려움에도 불구하고 그는 긍정적인 태도로 법정에 나와 딱지를 해결하고 앞으로 나아가려 했다.

나는 그 많은 어려움 속에서도 어떻게 좋은 태도를 유지할 수 있었냐고 물었다.

"좋은 태도를 가져야 해요. 어떤 상황에서도요." 그는 말했다. "나쁜 태도로는 아무것도 변화시킬 수 없지만 좋은 태도에는 상황을 타개할 힘이 있다고 생각합니다." 그는 나쁜 상황을 좋은 태도로 맞이하면 어려움에 더 잘 대처할 수 있고, 문제를 해결하고 극복할 가능성도 더 높아진다고 생각했다.

나도 동의한다. 최악의 상황에서도 절대 희망을 버려서는 안 된다. 나는 종종 힘든 시기를 보내는 사람에게 지금은 '건조기 안'에 있는 거라고 말한다. 이리저리 튕기고 당장은 비참한 기분이 들 것이다. 나는 그래도 이 시기를 잘 견뎌내고 끝이 있다는 사실을 기억하라고 격려한다. 이 시기가 끝난 후 새로운 길에 나서거나 새롭게 시작하는 건 그들 하기 나름이라고 말해준다. 회복탄력성은 큰 도움이 되고, 긍정적인 태도는 긍정적인 결과를 가져온다. 우리는 밝고 긍정적인 사람과 함께하는 걸 즐거워한다. 좋은 태도는 집에서, 직장에서, 그리고 가끔은 법정에서도 도움이 될 것이다.

2020년 《실험심리학회지(Journal of Experimental Psychology)》에 실린 연구를 비롯해 여러 연구에서 진심이 아니라도 미소 짓거나 웃으면 뇌의 화학작용이 바뀐다고 밝혔다. 그러니 그럴 기분이 아니더라도 억지로 미소 짓거나 긍정적인 시각을 가지려고 해보라. 세상을 보는 관점을 바꿀 수 있다.

좋은 태도는 전염성이 있다. 좋은 태도를 갖추는 데는 아무것도 필요하지 않다. 그리고 나이, 성별, 인종 또는 다른 구별 기준과 상관없이 누구에게나 가능하다.

좋은 태도가 때로는 부정적인 태도를 타파할 수 있는 것처럼, 나쁜 태도는 문제를 더 악화시킬 수 있다. 우리는 스스로 문제를 자초하는 경우가 너무 많다. 때로는 나쁜 태도가 자기실현적 예언이 되기도 한다.

누군가를 도우려 하는데 상대는 내가 주려는 어떤 도움도 거부하기만 한다면 답답할 수밖에 없다. 이런 경우는 흔히 상대방이 자기 자신뿐 아니라 자기가 처한 상황조차 이해하지 못한다는 걸 나타낸다. 젊은이 중에는 내 앞에서 일부러 더 거만하고 거칠게 행동하려는 이들이 많았다. 여기에는 다양한 이유가 있었다. 법정이 위협적으로 느껴져 겁을 먹었는데 그걸 들키고 싶지 않아서거나, 때로는 친구들에게 세 보이려고 혹은 다른 사람들이 자신을 어떻게 볼지 신경이 쓰여서이기도 했다. 그리고 또 가끔은 안 좋은 일을 너무 많이 겪어서 최악의 경우를 상상하고 세상이 내게 등을 돌렸다고 생각해서이기도 했다. 그건 사실이 아니지만, 그렇게 느끼는 사람에게 그렇지 않다는 걸 이해시키기는 쉽지 않다.

한번은 내 법정에서 어떤 남자가 판사석으로 다가왔다. 그는 어린이보호구역에서 속도를 위반해 딱지를 떼였다.

"거기 카메라가 있는지 몰랐습니다." 그의 설명이었다.

"카메라가 있는지 몰랐지만, 속도를 위반했죠." 나는 말했다. 그는 얼굴을 찌푸렸다.

"그리고 얘기할 게 또 있습니다." 나는 말했다. "여기 기록에 따르면 피고인은 창구에서 일하는 젊은 여성에게 몹시 무례하게 굴고 모욕적인 태도를 보였더군요."

그는 고개를 젓고 말했다. "모르겠습니다."

나는 말을 이었다. "여기 쓰인 대로 읽어보죠. 이 기록에 따르면 당신은 무척 무례했습니다. '이 사람은 매우 화가 난 상태로 창구로 와서 직원에게 이 딱지는 시장한테나 주고 엿이나 처먹으라고 하라고, 그리고 범칙금은 안 낼 거라고 말했다'라고 쓰여 있군요. 창구 직원에게 욕설을 했네요. 범칙금은 안 낼 거라고도 했고요."

"아니요," 그가 입을 열었다. "그게 아니라…"

나는 그의 말을 잘랐다. "잘 들으세요. 피고인은 범칙금을 납부해야 합니다. 납부하지 않으면 면허가 정지될 겁니다. 그리고 다시 한번 창구에서 무례하게 굴면 대가를 치르게 될 겁니다. 이 직원들은 폭언을 들으려고 여기 있는 게 아닙니다. 젊은 여성에게 소리를 지르고 저런 식의 언어를 사용하는 건 비겁한 사람이나 하는 짓입니다.”

“제가 비겁하다고요?” 그는 반항적으로 말했다.

“다시 출두해서 이 문제로 재판할 겁니까? 아니라면 범칙금 전액을 지금 바로 납부하세요. 그리고 말해두는데 다시는 돌아오지 말고 그런 짓을 또 하지 마세요. 그때는 범칙금 정도로 끝나지 않을 겁니다.”

우리가 심리한 사건에 항상 뛰어난 통찰력을 보였던 퀸 경감은 말했다. “아버지께서 말씀하셨어요. ‘소리를 지르려거든, 위에다 대고 질러라’ 문제가 있으면 직원에게 소리 지르지 말고 윗사람하고 얘기하라는 뜻이죠.”

늘 그렇듯이 훌륭한 조언이었다.

어느 날에는 완전히 상반된 태도를 보이는 두 피고인의 사건을 심리했다. 물론 결과도 완전히 달랐다.

첫 번째 사건에서 내 앞에 출석한 피고인은 아서 리 홀더였다. 아서를 만난 건 처음이 아니었다. 이전에 내 법정에 선 적이 있었는데 그때도 그는 좋은 인상을 남기지 않았다. 적의가 가득했고, 무례하고, 오만했다. 그런 태도는 그에게 조금도 도움이 되지 않았다.

이번에 그가 출석한 이유는 주차 위반이었다. 그는 선글라스를 쓰고 운동복 차림으로 법정에 왔다. 딱지에 관해 묻자 그는 그 자리에 있었다는 것조차 부인하며 그곳이 프로비던스에서 최악의 장소라고 말했다. "거기는 빈민가고 저는 그런 데는 안 갑니다. 대체 어디서 떼인 딱지인지 모르겠군요."

나는 그에게 그날 앞서 그가 시 정부의 변호인을 만났고, 기록에 따르면 본래 청구된 범칙금 35달러를 납부하는 데 동의한 것으로 나와 있다고 지적했다(사실 그의 범칙금은 연체료가 더해져 90달러였지만, 법정은 기꺼이 35달러에 문제를 해결하려 했다).

아서는 부인하며 간 적도 없는 곳에서 떼인 적도 없는 딱지로 범칙금을 낼 수는 없다고 우겼다.

나는 그에게 앞서 합의한 해결안에 동의하지 않으면, 재판에 회부하겠다고 말했다. 재판에서 경찰관이 법정에 딱지를 뗀 것에 관해 진술할 것이고, 그는 항변할 수 있고, 판사가 최종 판결을 내릴 거라고 말했다. 아서는 그러고 싶지 않았다. 자기가 패소할 게 뻔했기 때문이다.

이때 나는 지난번 그가 내 법정에 왔을 때 법정을 나서면서

문이 닫히기 전에 나를 향해 모욕적인 몸짓을 했다고 말해주었다.

영상으로 버젓이 남아 있는데도 아서는 그런 짓은 하지 않았다고 부인했다. "저는 62살입니다. 제가 왜 그런 멍청한 짓을 하겠습니까, 재판장님? 제가 그랬을 리가 없습니다."

나는 단도직입적으로 물었다. "35달러를 납부할 겁니까, 재판을 할 겁니까?"

그는 35달러를 납부하겠다고 하고 인상을 쓴 채로 법정을 떠났다. 이후 그는 몇 번 더 내 법정에 출석했고, 그의 태도도 결과도 전혀 나아지지 않았다.

그리고 그날 아서의 사건에 이은 사건의 주인공은 제임스 헤링이었다. 그는 예의 바르고, 공손하고, 겸손했다.

제임스는 전직 운동선수 같은 건장한 체격을 하고 있었다. 덩치가 커서 위협적으로 보일 수 있지만 태도는 점잖았다. 내가 우스갯소리로 이렇게 말하자 그는 아들이 셋 있는데 다 자기보다 크다고 답했다.

제임스는 아들들에게 너희들이 나보다 키가 클지 몰라도 너희 아버지는 나라고 말했다고 했다. "아들들은 저를 존중해요. 제가 바라는 것도 그것뿐입니다. 저희 어머니와 아버지도 저를 존중하셨으니까요. 부모님은 존중하는 법을 가르쳐 주셨고, 저는 그 가르침을 따르며 살고 있습니다."

제임스는 노란불이 빨간불로 바뀔 때 0.2초 늦게 멈춘 걸로 단속카메라에 찍혔다. 프로비던스시에서는 0.2초 미만이면 위반으로 기소하지 않는데, 딱 기준에 걸린 것이다. 하지만 앞서 언급했듯이 나는 내 법정에서 0.3초 차이도 허용한 바 있다. 그리고 나는 법정에, 내게, 그리고 자기 자신에게 존중을 표한 제임스에게 엄벌을 내리고 싶지 않았다. 존중받기 위해 존중하는 것은 삶을 살아가는 훌륭한 방식이고, 지역사회에 기여하는 행복하고 성공적인 일원이 되는 데 활용할 수 있는 유용한 수단이다.

나는 그의 딱지를 기각했다.

거짓말은
결국 나를 속인다

타인과 자기 자신을 존중하지 않는 것은 여러 방식으로 드러나게 되어 있다. 내 경험에 비추어보면 가장 흔한 경우는 남에게 거짓말을 하거나 자신에게 거짓말을 할 때다.

수천 건의 사건을 심리한 덕분에 나는 누가 거짓말을 하는지 알 수 있다. 이야기의 세부적인 내용이 부족하거나 너무 자세하다. 절대 내 눈을 마주치지 않는다. 그리고 이야기에 일관성이 없다. 이런 것들은 누군가가 거짓말을 하고 있다고 알려주는 신호 중 일부일 뿐이다.

누가 "솔직히"라는 말로 설명을 시작하거나 "정말 솔직하게 말씀드리면"이라고 말할 때마다 나는 의심스러워진다.

판사로 재직한 40여 년 동안 꽤 많은 사람이 내 앞에서 거짓말을 했다. 그들은 대개 나나 퀸 경감, 캐리그넌 경감이 자신들이 저지른 행위나 기록을 이미 전부 알고 있다는 걸 모른다. 가끔은 거짓말이 눈에 빤히 보이는 게 재밌을 때도 있지만, 법정에서 거짓말하는 것은 심각한 문제다.

나는 피고인에게 선의를 베풀려 했지만 그들이 내게 계속 거짓말을 하면 그럴 마음이 사라졌다. 거짓말하는 피고인들의 이야기를 늘어놓는 건 별 의미가 없을 것이다. 세세한 사항은 다를 수 있어도 기본적인 내용은 항상 같았기 때문이다. 그들은 거짓말로 책임을 회피할 수 있을 거라고 생각했고, 내가 거짓말에 속아 위반을 기각해 주거나 바퀴 잠금장치를 해제해 줄 거라고 생각했다. 하지만 그런 경우는 극히 드물었다. 나는 피고인들에게 우리가 진실을 알고 있다고, 그들이 유죄라는 사실을 안다고 알릴 수밖에 없었다. 나는 기꺼이 분할 납부를 허용하려 했고, 그들이 앞으로는 책임감 있게 행동하기를 늘 바랐다. 하지만 그건 내 바람에 지나지 않았다.

많은 경우 사람들은 자기가 엄청 똑똑하다고 착각한다. 혹은 적어도 자신이 속이려는 사람보다는 똑똑하다고 생각한다. 때로는 나이가 더 많다는 이유로, 몸집이 더 크다는 이유로 다른 사람들을 위협하려는 사람도 있다. 단기적으로는 원하는 결과를 얻을 수 있을지 몰라도 이런 행동은 결국 자승자박으로 이어질

뿐이다. 이런 사람들은 상대를 과소평가해서 상대가 자신의 술수를 쉽게 꿰뚫어 볼 수 있다는 걸 모른다. 잠깐은 몰라도 길게 볼 때 자기보다 약해 보이는 사람을 괴롭히거나 등쳐먹는 사람이 성공하는 일은 거의 없다. 결국 자기가 저지른 잘못에 발목이 잡힌다. 시간이 걸릴 수는 있어도 결국엔 뿌린 대로 거두게 되어 있다. 그리고 그런 일이 내 법정에서 많이 일어났다!

거짓말도 마찬가지다. 거짓말하는 사람이 속이고 있는 사람은 자기 자신뿐이다.

어느 날 저녁 한 젊은 여성이 내 앞에 섰다. 매우 진실되어 보이는 여성이었다. 그녀는 견인된 자기 차를 찾고 싶어 했다.

그녀는 아이의 학교에서 학부모 면담이 있었다고 진술했다. 학교 근처에 주차하고 주차미터기에 한 시간 반 주차에 해당하는 요금을 넣었는데, 면담이 생각보다 길어져 네 시간이나 걸렸고 다시 돌아왔을 땐 딱지가 발부된 후였다고 했다.

하지만 그녀는 나와 자신에게 상황을 있는 그대로 솔직히 얘기하지 않았다.

실제로 일어난 일은 이랬다. 그녀는 오랜 시간에 걸쳐 쌓인 주차 위반 딱지가 11건 있었고 범칙금이 체납되어 있었다. 그래서 그녀의 차는 견인되어 압류되었고, 압류 기간이 길어질수록 범칙금은 쌓여만 갔다.

그녀가 생각해 낸 해결책은 그 차를 버리고 새 차를 사서 문제를 완전히 회피하는 것이었다. 그녀는 새 차가 생기면 이전의 위반이 전부 사라질 거라고 생각했다. 학부모 면담 중에 딱지가 발부된 건 새 차였고, 그녀가 법정에 나온 명목상의 이유는 그 딱지였다.

하지만 새 차를 등록하러 갔을 때, 차량관리국에서는 먼저 이전의 딱지를 해결해야 새 차량을 등록할 수 있다고 했다.

나는 그녀에게 예전 차가 언제 견인되었냐고 물었다. 그녀는 몇 달 전이었다고 답했다.

그녀는 압류 기간이 길어질수록 범칙금이 높아진다는 걸 알고 있었을까? 물론 알고 있었다. 그런데도 왜 그렇게 오랫동안 내버려두었냐고 물었다.

화가 났다. 이 젊은 여성에게 화가 난 것이 아니라 그녀가 처한 상황에 화가 났다. 차가 견인된 지 다섯 달이 지났다. 약 150일이고, 당시 견인업체에서 차를 보관하는 비용은 하루에 대략 30달러였다. 계산하면 총 4,500달러였다. 범칙금을 전부 납부하고 새 차를 사기에 충분한 금액이었다.

나는 그녀에게 터무니없는 짓을 하고 있다고 말했다. 그리고 현재 다루는 사안과 관련된 사실을 말하지 않는 것도 일종의 거짓말이라고 말했다. 사실을 전부 파악하지 못하면 누군가를 제대로 도울 수 없다.

무엇 하나 좋아 보이지 않았다.

그녀는 책임감을 더 가져야 했다. 모래에 머리를 묻고 처리하기 싫은 일을 모른 척할 수는 없었다.

나는 얼마를 납부할 수 있겠냐고 물었다. 그녀는 지금은 일을 하고 있지 않지만 다음 주부터 일을 시작할 거라고 하면서 분할 납부를 하고 싶다고 했다.

나는 그녀가 범칙금을 내겠다고 약속하고 나서 낼 수 없게 되는 일이 생기기를 바라지는 않았다.

그녀가 감당할 수 없는 범칙금을 청구하는 것은 아무런 도움이 되지 않을 것을 알고 있었다. 그래서 감당할 수 있는 액수를 청구하기로 했다. 나는 그녀에게 100달러의 범칙금을 청구하겠다고 말하고, 언제까지 납부할 수 있겠냐고 물었다. 그녀는 2주라고 말했다. 나는 한 달의 기간을 주면서 만약 그때까지 납부할 수 없다면 법원에 연락해 시간이 더 필요하다고 말하라고 주의를 주었다. 책임져야 할 일을 두고 숨어서 그저 사라지기를 기다리는 건 이제 그만두어야 했다.

"머리만 모래에 묻는다"라는 말은 타조가 겁에 질리면 눈에 띄지 않으려고 머리만 모래에 묻는다는 뜻으로 잘못된 믿음으로 자신에게 주어진 문제나 현실을 모른 척하고 회피한다는 의미로 널리 쓰인다. 하지만 저절로 사라지기를 바라면서 문제를 회피해 봤자 문제를 마주하는 순간을 미룰 수 있을 뿐 결국 언젠가는 마주해야 한다. 나는 이 여성에게 새 시작을 할 수 있게 도와주겠다고 약속했다. 하지만 그 대가로 그녀도 이 책임을 져야 했다. 그녀가 바로 잡아야 하는 것은 자신의 삶이었으니까.

법정을 떠난 뒤 다시 그녀의 소식을 듣지는 못했다. 그녀가 이 기회에 모래에 묻은 머리를 꺼내고 사소한 문제가 눈덩이처럼 불어나기 전에 대처하는 법을 배웠으면 하는 게 내 바람이었다.

그녀에게 변화가 일어났는지는 알 수 없다. 하지만 누구에게든 자기 행동을 변화시키기에 늦을 때란 없다.

존중의
가치

어느 시대든 기성세대는 젊은 세대의 행실, 옷차림, 머리 모양, 말투를 못마땅해했다. 어느 시대든 기성세대는 젊은이들이 어른을 공경할 줄 모른다고 느꼈다. 당연한 일이고, 나도 왜 그러는지 이해한다.

이런 의견에 세대 차이에 따른 편견이 있을 수도 있겠지만 그래도 나는 법정에서 젊은이들을 마주할 때면 세상에서 성공하는 데 도움이 될 기술을 알려주고 싶었다. 종종 자기들 또래나 자기들의 기준으로 돌아가지 않고, 굳이 말하자면, 기득권의 일부에 의해 돌아가는 이 세상에서 성공할 수 있는 기술을.

요즘 많은 젊은 사람들은 공무원이나 상사처럼, 어떤 방식으로든 인정을 받아야 하는 사람들을 대할 때 지켜야 할 기본적인 규칙을 잘 모르는 듯하다.

그래서 내 법정에서 내가 누군가에게 "네, 재판장님" 혹은 "아닙니다, 재판장님"이라고 대답하라고 하는 건 내게 존중을 표하라는 뜻이 아니다. 법 절차와 그 안에서 내가 하는 역할에 존중을 표하라고 요청하는 것이다. 법정에서뿐 아니라 삶의 어느 곳에서든 좋은 인상을 남기고 싶다면 기본적인 예의범절을 알고 준수하는 것이 필수적이다.

"네, 재판장님"이 아니라 건성으로 대답하는 사람은 자기가 처한 상황에 관심이 없거나 신경 쓰지 않는다고 말하는 것이나 다름없다.

한 사건을 예로 들어보겠다. 케이틀린이라는 젊은 여성이 아버지 차를 타고 노란불에 달리다 딱지를 떼였다. 케이틀린은 아버지 에드먼드와 법정에 나왔고, 아버지는 딸이 자기가 받은 딱지를 책임지고 처리하길 바랐다. 나는 케이틀린에게 변론해 보라고 했다. 케이틀린은 학교에 지각할 것 같아 마음이 급했고 노란불로 신호가 바뀌기 전에 지나갈 수 있을 것 같았다고 답했다.

영상에 따르면 케이틀린은 0.3초 늦게 멈췄을 뿐이었다. 내 법정에서는 딱지가 기각될 수 있는 차이였다.

케이틀린은 로드아일랜드칼리지에 다니는 학생으로 교사가 되기 위해 공부하고 있다고 말했다. 그녀는 멋진 미소와 유머

감각, 긍정적인 태도를 가진 사랑스러운 아가씨였지만, 내 질문에 "네, 재판장님"이라고 답하지 않고, "네엡" 또는 "엡"이라고 답했다. 게다가 껌을 씹으면서 말하는 것도 눈에 띄었다.

케이틀린은 법정에서의 예의나 공적인 자리에서 말하는 법에 관해 여전히 배울 것이 많았다.

"어떤 분야의 권위자 앞에 서게 되는 상황에서는," 나는 그녀에게 설명했다. "직함을 붙여서 대답해야 해요. '넹'이 아니라 '네, 재판장님'이라고 해야죠." 그리고 나는 어릴 적 수업 중에 껌을 씹다가 들키면 선생님이 그 껌을 코에 붙이게 했다고도 말해주었다.

케이틀린은 웃었지만 내 말을 알아들었다. 나는 케이틀린이 자기가 가르치게 될 학생들에게도 예의범절과 윗사람을 대하는 법을 가르쳐주길 바랐다.

그건 내가 젊은이들에게 부족한 부분을 보완하라고 조언하는 여러 방식 중 하나였다.

존중은 여러 형태로 나타난다. 옷차림과 몸가짐, 말투, 태도, 어울리는 친구들은 자신이 어떤 사람인지를 나타내고, 다른 사람에게 주는 인상을 좌우한다. 이런 것들은 또한 자신을 얼마나 존중하는지 보여주는 방식이기도 하다.

또 한 가지 언급할 점은 중년 및 노년 세대가 예의범절을 지켜 모범을 보이고 다음 세대에 전수해야 한다는 의무를 잊고 있다는 것이다. 요즘 세상에는 많은 사람이 멘토 역할을 하거나 올바른 것을 옹호하는 데 주저하는 듯하다. 사람들은 젊은이와 충돌하는 게 두려워 젊은이들에게 예의에 맞게 행동하라고 충고하려 하지 않는다. 그리고 그게 현명할 수도 있다. 우리는 갈수록 폭력적인 세상에 살고 있기 때문이다.

하지만 품위 있는 사회를 만들려면 우리 각자가 예의범절을 따르고 우리가 아는 사람들에게도 그렇게 하도록 권장해야만 한다.

젊은 사람들이 법정에 출두했을 때, 나는 다른 사람들과 함께하고 지역사회에 참여하는 시민이 되는 것이 중요하다는 사실을 자주 전달하려 했다. 이런 행동은 우리 정부 체제에 존중을 표하는 것뿐 아니라, 더 좋은 세상을 만들기 위해 기꺼이 노력하겠다는 의지를 보여주는 것이다.

요즘은 정치에 관심을 놓아버리고, 자신이 지역사회에 변화를 만들 수 있다고 믿지 않는 사람이 너무 많다. 나는 젊은 사람들에게 범칙금을 청구하기보다는 사회봉사 명령을 내려 지역사회에 더 많이 참여하게 했으면 한다. 사회봉사 활동을 하면서 청년들은 우선 교통 법규나 주차 규정을 준수하지 않아서 처벌받고 있다는 걸 상기하게 될 것이다. 그리고 또 한편으로 봉사활동을 통해 청년들이 자기가 속한 지역사회에 긍정적인 변화를 만들고, 자신에게도 긍정적인 변화를 일으킬 수 있다는 사실을 알게 되기를 바란다.

예컨대 어느 날, 커밀라 카벨라라는 젊은 여성이 내 법정에 출석했다. 그녀는 아버지와 함께 왔는데, 아버지는 딸에게 든든한 지원군이 되어주려고 같이 왔다고 말했다. 커밀라는 자신이 받은 위반 딱지가 기각되기를 바라고 있었다.

로드아일랜드의 훌륭한 운전 법규에 따르면 3년 이상 면허증을 소지한 사람, 지난 3년 동안 교통 법규 위반으로 기소되지 않은 사람은 기소된 위반이 기각되게 할 수 있다. 하지만 커밀라는 그 기준에서 6개월이 모자랐다.

나는 커밀라에게 무슨 일을 하냐고 물었다. 커밀라는 뉴햄프셔대학교에서 환경공학을 공부하고 있다고 말했다. 무슨 일을 하고 싶냐고 묻자, 빈곤한 지역에 깨끗한 물을 공급하는 것이 꿈이라고 말했다. 그리고 다음 해에는 학교 동아리 '국경 없는 엔지니어회'에 들어가서 자원봉사를 하고 싶다고 했다. 지난해에는 그럴 수 없었다. 다발성 경화증 진단을 받아 오랜 시간을 집에서 보내야 했기 때문이다.

나는 커밀라가 세상에 선행을 베풀려는 젊은이라는 걸 알 수 있었다. 커밀라의 아버지에게 딸이 자랑스럽겠다고 말하고,

그녀의 목적의식과 진실한 성격에 깊은 인상을 받았다고 말했다.

나는 결국 언젠가 원하는 곳에서 사회 봉사활동을 열 시간 하겠다는 약속을 조건으로 기소를 기각했다. 내가 말하지 않아도 커밀라는 그렇게 했을 것이다.

정치의 목적

오늘날에는 '정치'라고 하면 부정적인 이미지가 먼저 떠오른다. 우리 지역사회, 시, 주, 국가 운영의 가장 중요한 부분에 시민을 참여시키는 것이 정치의 목적이 되어야 하는데, 현재의 정치는 우리를 분열시키는 경우가 더 많은 듯하다.

고리타분하다거나 나와는 상관없다고 생각하는 사람도 있겠지만 내 생각은 이렇다. 정치는 존중이다. 우리의 정부 제도나 정치 과정에 대한 존중이든, 특정한 사안 또는 어떤 것에 대한 존중이든, 정치는 더 나은 쪽으로 변화하는 과정이다.

오늘날 우리 정치판에서는 걸핏하면 다투고, 서로를 멸시하고 모욕하는 발언을 일삼는다. 그러다 보니 우리나라가 연방,

주, 시 등 모든 단위의 정부에서 이뤄낸 성과를 간과하기 쉽다. 다른 나라에서는 우리가 당연하게 누리는 많은 자유와 특권이 없어 고통받고 있다. 사실 정치는 재미있을 수 있다. 그리고 정치판에는 짧은 기간에 두각을 나타내고 더 나아가 명성을 얻는 사람들로 가득하다.

지역 정치 입문은 어렵지 않다. 누구에게나 열려 있다. 정치 운동이나 활동에 자발적으로 참여하는 데는 아무런 비용이 들지 않는다. 정치에 참여하는 것은 새로운 사람들을 만나고, 평생 함께할 소중한 친구를 만들고, 자신에게도 도움이 되는 관계를 구축하는 아주 좋은 방법이다.

❖ ❖ ❖

나는 오랫동안 정치 활동을 했다. 처음에는 비교적 젊은 나이에 프로비던스의 시의원이 됐다. 그리고 시간이 갈수록 로드아일랜드주 민주당 내에서 확고한 입지를 다졌다. 1964년부터 2012년까지 대통령 후보 선출을 위한 민주당 전당대회에 로드아일랜드주 대의원단의 일원으로 참석했고, 마침내 대의원단의 부단장에 올랐다. 매우 흥미로운 경험이었다. 나는 부단장으로서 전당대회 출입증을 여러 개 받아 매일 아침 대의원과 그 외고위 인사들에게 나눠주었다. 특히 플로어 출입증을 찾는 사람이 많았는데, 선출된 대표가 아니면 출입증을 얻기 어려웠다.

1976년 뉴욕시 매디슨스퀘어가든에서 전당대회가 열렸다. 나는 로드아일랜드주 대의원단 부단장 자격으로 로드아일랜드의 전 주지사 프랭크 릭트와 함께 전당대회에 참석했다. 프로비던스에서 뉴욕시까지는 자동차나 기차로 세 시간밖에 걸리지 않아 로드아일랜드에서 온 사람이 많았고, 모두 플로어 출입증을 받아 전당대회장에 들어가고 싶어 했다. 많은 이들에게 출입증을 나눠주었지만 결국 동이 나서 이렇게 말해야 했다. "더는 없습니다. 주지사님한테 가보세요. 주지사님은 출입증을 갖고 있으니까요."

사실 따로 남겨둔 플로어 출입증이 두 개 있었다. 누구에게 줄지 고민하고 있었다. 경험상 딱 맞아떨어지는 상황이나 사람이 나타나게 마련이라는 걸 알고 있었기 때문이다.

플로어 세션이 절반쯤 진행되었을 때 매디슨스퀘어가든을 나왔다. 밖에는 주최 측에서 준비한 레드카펫이 깔려 있었고 사람들의 난입을 막으려 양옆에 설치한 목재 장벽 너머는 전당대회에 참석하는 정치인과 유명인(영화배우, 언론인, 당대 인플루언서)을 보려고 몰려든 사람들로 북적거렸다.

전당대회장을 뒤로 하고 계속 걷는데 대학생 두 명이 눈에 들어왔다. 두 사람은 손을 잡은 채 경찰이 친 장벽에 기대어 마치 아카데미상 시상식이라도 보듯 들어오고 나가는 사람들을 바라보고 있었다. 나는 무언가에 이끌리듯 그들에게 다가가 물었다. "전당대회에 가보고 싶어요?"

"갈 수 있어요? 정말요?"

나는 말했다. "여기 출입증 보이죠? 플로어 출입증입니다. 바로 플로어로 가면 돼요."

"와! 진짜요?" 그들은 기쁨에 차서 환호했다.

"공식 출입증이라 들어가는 데 아무 문제 없을 거예요." 나는 말했다. "단, 누가 줬는지만 말하지 마요."

나는 학생들이 매디슨스퀘어가든으로 달려가는 걸 보았다. 그들은 갑자기 멈춰 서서 뒤돌아보고 말했다. "감사합니다! 정말 감사합니다!"

전당대회 전체와 맞바꿀 가치가 있었다. 누군가를 행복하게 해주는 건 무엇보다도 기분 좋은 일이다. 해본 적이 없다면 언제 한번 시도해 보길 바란다. 누군가에게 기분 좋은 놀라움을 선사하고 어떤 기분이 드는지 느껴보라.

전당대회는 물론 정치인들의 리얼리티쇼나 마찬가지다. 그리고 정치인이 갖는 권력과 지위 때문에 사람들은 가끔 후보자들이 우리와는 다른 존재인 것처럼 대하게 된다. 후보들이 우쭐

해서가 아니다(물론 알려진 바에 의하면 그런 경우도 있다). 후보자 측근들의 오만이 문제다.

1984년 월터 먼데일이 대통령 후보였을 때 우리는 샌프란시스코에 있었다. 먼데일은 미네소타주 상원의원이었고, 지미 카터 대통령 행정부에서 1976년부터 1980년까지 부통령을 지냈다.

우리는 먼데일과 같은 호텔에 묵었다. 그는 호텔의 펜트하우스 스위트룸을 사용했다. 먼데일이 호텔를 나설 때마다 측근들이 다른 사람들의 출입을 제재했다. 호텔 앞에는 비밀경호국이 경호하는 차 한 대가 있었고 앞뒤로 경찰차들이 있었다. 그들은 무리를 지어 다녔다. 항상 20명 정도가 먼데일을 둘러싸고 있는 듯했다. 먼데일이 엘리베이터를 타고 내려가 차를 타고 떠날 때까지 숙박객들은 엘리베이터를 사용할 수 없었다.

다들 대통령 후보자에게 관심이 쏠려 있었다. 누구든 "후보자는 어디 있어?"라고 묻곤 했고, 누군가가 "후보자 딸을 봤어. 개를 산책시키고 있더라고"라고 말하거나, "후보자가 지나가는 걸 얼핏 봤어"라고 말하곤 했다. 대통령 후보자는 대단히 중요한 사람이었다.

그로부터 4년 후인 1988년 우리는 전당대회에 참석하기 위해 조지아주의 애틀랜타에 있었고, 사람들로 꽉 찬 엘리베이터에 타려고 하고 있었다. 키 큰 남자 하나가 안에 있었고, 우리 무리는 그에게 조금만 뒤로 가달라고 부탁했다. 그는 뒤로 물러섰다. 엘리베이터에서 내리면서 나는 두 아들에게 물었다. "저 사람 누군지 아니?" 아이들은 그가 누군지 몰랐다. 나는 그가 1972년 대통령 후보자였던 조지 맥거번이라고 말해주었다. 1972년에는 그가 오고 나갈 때 호텔 출입이 통제되고, 경찰과 비밀경호국이 그를 경호했다. 사람들은 그를 언뜻 보기만 해도 좋아했다. 하지만 1988년에는 누구도 그를 알아보지 못했고 기억하지도 못했다. 사람들은 그를 엘리베이터 구석으로 밀어냈다.

그로부터 20년이 더 지난 2008년 덴버에서 민주당 전당대회가 열렸다. 버락 오바마가 대통령 후보에 오르게 될 전당대회였다. 전당대회 기간에 행사장과 가까운 호텔에 배정되려면 운이 좋거나 큰 주에서 온 대의원이어야 한다. 하지만 로드아일랜드는 작은 주였기 때문에 로드아일랜드주 대의원단에게 배정된 호텔은 행사장에서 20분 넘게 걸리는 시내 외곽에 있었다. 그래서 우리는 오가는 데 걸리는 시간을 고려해야 했다.

전당대회를 마치고 우리는 호텔을 떠날 준비를 하며 공항으로 가는 차에 짐을 싣고 있었다. 그런데 한 차가 우리 뒤에 섰고 두 신사가 가방을 끌며 호텔에서 나왔다. 두 사람이 가방을 트렁크에 넣고 차에 타고 떠난 뒤에야 나는 둘 중 더 나이가 많은 사람이 월터 먼데일이라는 걸 깨달았다. 이제 미네소타주 대의원단의 일원인 그는 로드아일랜드주 대의원단과 같은 호텔에 묵고 있었던 것이다. 먼데일은 행사 장소에서 거리가 먼 이 호텔에 묵었고, 자기 짐을 직접 끌고 자기 차를 직접 운전했다. 1984년 대통령 후보자였을 때 받은 대우와는 완전히 달랐다. 하지만 나는 먼데일 전 부통령이 관심과 환호와 어떠한 권력의 과시도 없이 여전히 정치 활동을 계속하면서 우리나라에 기여하는 것에 깊은 감사를 표한다.

나는 먼데일이 차를 몰고 가는 걸 지켜봤고, 아들들을 돌아보며 말했다. "Sic transit gloria." 명성도 덧없구나.

존중으로 맺은
관계

때로 존중은 사심 없이 타인을 돕는 것이고, 이것이 대개 정치의 핵심이다. 그리고 때로 정치는 생계 수단에 그치지 않고 인생 그 자체가 되기도 한다.

앞서 내가 1970년 로드아일랜드주 검찰총장 선거에서 패배했다고 이야기했다. 당시 나는 프로비던스 시의원으로 8년을 재직했고, 더 높은 자리에 오르고 싶다는 야망이 있었다.

여론조사에서 내가 앞서는 가운데 선거운동은 순조롭게 시작됐다. 나는 한 치의 의심도 없이 내가 당선될 거라고 믿고 있었다. 하지만 선거운동을 효과적으로 진행하지 못했다. 우리는 고위직 선거운동을 이끈 경험이 있는 보스턴의 정치 컨설턴트

두 명을 고용했는데, 그들은 프로비던스를 잘 알지 못했다.

선거운동은 성공적이지 않았지만 그래도 기억에 남는 재미있는 순간들이 있었다. 한번은 프로비던스 시내에서 집회를 열기로 하고, 민주당의 상징인 당나귀를 데려갔다. 집회가 끝난 후 우리는 당나귀를 다시 트럭에 실어야 했다. 문제는 우리가 고집이 세기로 유명한 당나귀가 어떻게 트럭에 오르게 할지 모른다는 것이었다. 우리는 어찌할 바를 몰라 쩔쩔매고 있었다.

갈수록 가관이었다. 당나귀는 꼼짝도 하지 않고 고집을 피웠다. 나는 언론에서 이 소식을 입수해서 다음 날 아침이면 「당나귀가 카프리오의 유세를 웃음거리로 만들다」라는 헤드라인이 뜰까 봐 두려웠다. 그때 아버지가 아이디어를 냈다. 아버지는 창고 건물로 당나귀를 데리고 가서 건물의 하역장으로 데리고 나왔다. 우리는 트럭을 하역장에 대고 트럭 적재함 문을 내렸고, 당나귀는 적재함 위로 올라갔다.

선거에서 졌을지는 몰라도 재미있는 경험이었다. 하지만 중요한 건 그게 아니다. 더 중요한 일은 주 검찰총장 선거운동을 하면서 절친한 친구를 만나게 된 것이다.

당시 나는 30대 초반이었다. 어느 날 마크 와이너라는 14살 아이가 찾아와 선거운동에 참여하겠다고 했다. 마크는 프로비던스 시내의 아파트에서 부모님과 누이와 살고 있었다. 유행에 안 맞는 옷차림에 두꺼운 안경을 쓰고 있었고, 평발이어서 발을 질질 끌면서 걸었다. 하지만 듣기 좋은 목소리에 다정한 영혼과 넘치는 에너지를 가지고 있는 아이였다.

마크를 만난 사람은 누구나 그를 좋아했다. 14살이었지만 그는 자연스럽게 인맥을 쌓았고, 그것이 이후 정치에서도 그의 삶에서도 많은 도움이 되었다.

마크는 넘치는 에너지로 선거운동에 모든 것을 쏟았다. 마크에게 사소한 일은 없었다. 그는 항상 "무엇을 도와드릴까요?"라고 묻고 다녔다. 자신을 앞세우거나 잘 보이려 애쓰지 않았다.

선거운동을 하면서 마크는 정치에 매력을 느꼈고, 그 후 지역 선거와 전국 선거를 가리지 않고 수많은 선거운동에 참여했다. 마크는 지칠 줄 모르고 다른 사람들을 도왔고, 사람들을 존중하고 그럼으로써 존중받는 것이 어떻게 후보자와 미래의 행정부에 영향을 미치고 누군가의 삶에 의미와 재미를 부여하는지를 아주 잘 보여주었다.

❖ ❖ ❖

1976년 대통령 선거를 앞두고, 민주당 후보자가 경쟁해야 할 상대는 제럴드 포드였다. 그는 리처드 닉슨이 하야하면서 대통령직에 올라 투표로 선출되지 않았다. 포드는 닉슨을 사면했고, 미국 국민은 그것을 아직 용서하지 못하고 있었다. 게다가 변화가 필요한 시기였기 때문에 민주당 후보자로 누가 뽑히든 선거에서 유리할 것으로 보였다.

당시 가장 유력한 후보는 워싱턴주 상원의원 헨리 "스쿱" 잭슨이었다. 그는 군사와 외교 문제에서는 보수적인 성향을 보였지만 인권과 환경 보호를 옹호하기도 했다. 잭슨은 뉴욕과 매사추세츠의 중요한 예비선거에서 이미 승리를 거뒀다. 경쟁자는 워터게이트 사건으로 명성을 얻은 아이다호 상원의원 프랭크 처치와 조지아주 주지사였던 전직 땅콩 농부 지미 카터였다.

나는 스쿱 잭슨을 지지하는 로드아일랜드주 대의원들의 대표였다. 그는 로드아일랜드주 예비선거에서 승리가 가장 유력한 후보였지만, 안타깝게도 로드아일랜드주 예비선거가 열리기 전에 후보에서 사퇴했다. 그래서 상당수의 대의원이 지지하는 후보가 없는 상태였다. 마크와 나는 조 파올리노를 찾아가 이 문제를 논의했다. 조는 나와 함께 프로비던스 시의원을 지냈고 이후 프로비던스 시장을 거쳐 몰타 주재 미국대사를 지냈다. 우리는 캘리포니아 주지사 제리 브라운이 출마를 고려하고 있고 당시 볼티모어에 있다는 소식을 들었다.

마크가 내게 말했다. "제가 전화번호를 알아내서 연락해 보고 우리 주 부동표 지지에 관심이 있는지 알아볼게요."

제리 브라운과 연락이 닿아 통화를 했다. 우리 주에 부동표인 대의원들이 있으니, 그가 로드아일랜드에 온다면 우리는 그를 지지할 것이고 그러면 로드아일랜드 예비선거에서 승리할 수 있을 거라고 설명했다. "투표용지에 이름을 올리기에는 너무 늦었습니다." 브라운이 말했다. "사람들에게 'UNC(uncommitted: 지지 후보 없음)'에 투표하라고, 그러면 그 표는 제리 브라운에게 갈 거라고 일일이 설명해야 할 텐데 그렇게 될 리가 없어요."

나와 마크, 조는 그가 로드아일랜드주에 온다면 그렇게 될 거라고 설득했다. 당시 대통령 후보자가 작은 주인 로드아일랜드에 오는 경우는 드물었다. 우리는 브라운이 로드아일랜드에 온다면 지역 방송에서 화제가 될 것이라고 확신했다. 더 중요한 것은, 로드아일랜드 주민들이 시간을 들여 우리 주를 찾아온 후보를 주목하고 그에게 유대감을 느낄 것이라는 점이었다. 그래서 그는 로드아일랜드에 왔고, 우리는 며칠 동안 그와 함께 보냈다.

캘리포니아처럼 미국에서 손꼽히게 큰 주의 주지사인 브라운은, 집회를 열고 TV 광고와 언론 보도를 활용해 메시지를 전달하는 데 익숙했다. 우리는 그에게 로드아일랜드에서는 그런 방식은 먹히지 않는다고 이야기했다. 우리는 흔히 유세를 벌이는 큰 스타디움 대신 볼링장처럼 사람들이 모이는 곳을 찾아갔다. 밴을 구해 그를 태우고 결혼식을 비롯한 여러 행사에 데리고 다녔다. 당시에는 사람들이 결혼식에 400명을 초대하는 것도 드문 일이 아니었기 때문이다. 우리는 원조 '웨딩크래셔'였다. 로드아일랜드뿐 아니라 로드아일랜드 주민 다수가 행사를 여는 매사추세츠까지 사람들이 많이 모이는 곳을 찾아다녔다.

브라운은 유권자를 직접 만나는 로드아일랜드식 정치가 익숙지 않았고 계속 "이건 안 합니다"라고 거부했다. 우리는 그가 우리의 조언을 따르면 로드아일랜드에서 승리하게 해주겠다고 약속했다. 투표용지에는 그의 이름이 없었고, '지지 후보 없음'에 투표하라고 사람들을 설득해야 했으니 쉬운 일은 아니었다. 하지만 우리는 해냈다. 제리 브라운에게 투표한 '지지 후보 없음'이 로드아일랜드에서 가장 많은 득표로 예상치 못한 승리를 거뒀다. 그리고 아마도 투표용지에 이름이 없는 후보가 주에서 승리한 건 이때뿐이었을 것이다. 그게 가능했던 건 제리 브라운이 마크와 조 파올리나, 나를 믿었기 때문이다.

제리 브라운은 매우 명석하고 노련한 정치인으로 이미 캘리포니아 선거에 승리했고 대단한 성과를 거뒀다. 그런데도 전국 대통령 선거에 출마하면서 이내 자신이 로드아일랜드 정치를 모른다는 것을 깨달았다. 그는 우리가 로드아일랜드를 잘 안다는 걸 존중했고, 우리는 약속을 지켰다. 우리가 서로에게 보였던 존중이 없었다면 과연 그런 일이 가능했을지 모르겠다.

❖ ❖ ❖

　제리 브라운은 전국적으로 유력한 후보자가 될 만큼 대의원을 확보하지 못했다. 그래서 브라운이 대통령 선거운동을 끝낸 다음 날 마크는 조지아로 가서 지미 카터 쪽은 어떻게 돌아가고 있는지 살펴봤다. 마크는 언제나 그랬듯이 그냥 선거운동본부로 걸어 들어갔다. 그리고 거기에 머물면서 "뭘 할까요?"라고 물었다. 마크가 한동안 선거운동본부 바닥에서 잤다는 소문이 있었다. 마크라면 그러고도 남았을 것이다. 26살에 카터가 조지아 주지사가 되는 데 기여했고 이제는 그의 핵심 보좌관이 된 해밀턴 조던은 마크를 마음에 들어 했다.

　카터가 대통령 선거운동을 하는 동안 마크는 승승장구했다. 마크는 전국을 돌아다니며 대통령 후보를 뽑는 경선이 열리는 주마다 찾아다니고, 그곳에서 카터를 지지하는 활동을 하던 많은 젊은이 가운데 한 사람이었다. 카터가 민주당 대통령 후보자로 확정되자, 이제 대학생 또래의 나이가 된 마크는 그가 필요한 곳이면 어디든 파견되었다. 그러다가 인디애나에서 카터의 선거운동을 펼치던 어떤 사람과 긴밀하게 협력하게 되었다. 결혼한 지 이제 한 달이 되어 결혼 후 이름으로 알려진 힐러리 로댐 클린턴이었다.

　카터가 대통령에 당선된 후 마크는 아무도 부르지 않는데도 백악관으로 갔다. 그가 무얼 하는지 잘 아는 사람은 없었다. 하지만 마크는 자신이 가장 잘하는 일을 했다. 바로 도움이 되는 일을 하는 것이었다. 마크는 자기 일을 만들어냈다. 사람들을 행사에 동원하는 일을 했고, 누군가 백악관 방문을 위해 입장권을 사고 싶어 하면 마크가 담당했다. 그리고 백악관의 누군가가 예컨대 워싱턴 D.C.에서 열리는 스포츠 행사에 참석하고 싶어 하면 그것도 마크가 처리했다. 누구도 원하지 않는 일이었지만 마크는 그런 일에 가치가 있다고 보았다. 다른 사람들은 모두 비위를 맞추려 했지만 마크는 중요한 사람들의 부탁을 들어주면서 여기저기에 멋진 친구와 인맥을 만들고 있었다.

1980년 마크는 자신의 정치적 수완, 인맥, 팬들을 활용하기 위해 파이낸셜이노베이션스(지금은 F.I.I.)를 설립했다. 로드아일랜드에 위치한 이 회사는 민주당 선거운동과 이후의 모든 민주당 전당대회에서 사용되는 배너, 펜, 모자 등 수많은 물품을 납품하는 공식 판매자이자 공급자였다.

1988년 마크가 애틀랜타에서 열린 민주당 전당대회에서 정치 홍보 물품을 팔고 있을 때, 내 아들 프랭크는 출입증을 더 받으러 컨벤션홀에 있는 그의 사무실에 들렀다. 프랭크가 마크에게 출입증을 요청하는 중에 지미 카터가 들어와 출입증을 찾았다. 전 미국 대통령이 자기 출신지에서 출입증을 받으러 마크에게 온 것이었다. 마크는 그런 사람이었다.

다행히도 마크는 두 사람 모두에게 출입증을 줄 수 있었다. 나는 그날 출입증이 하나만 남아 있었다면 어떻게 했겠느냐고 물었다. 그랬다면 누가 출입증을 받았을까? 그는 프랭크에게 주었을 것이라고 장담했고, 나는 전적으로 그를 믿었다!

❖ ❖ ❖

마크는 빌 클린턴이 아칸소 주지사였을 때 그와 가까워졌고, 대통령으로 재직 중일 때도, 힐러리가 미국 상원의원으로 출마하고 이후 국무장관이 되었을 때도 계속 클린턴 부부와 가까이 지냈다. 마크는 빌과 힐러리가 친구와 이야기를 나누고 싶을 때 전화하는 사람 중 하나였다.

한번은 클린턴이 대통령일 때 마크가 내게 전화를 걸어 듀크대학교와 코네티컷대학교의 야구 경기를 어디서 볼 거냐고 물었다. 나는 집에서 볼 생각이라고 말했다. 마크는 물었다. "백악관에서 대통령과 함께 보는 건 어때요?" 나는 좋다고 했다.

그래서 나는 워싱턴으로 갔다. 경기를 보는 사람은 15명 정도밖에 안 됐다. 나는 국방장관 윌리엄 코언의 옆에 앉았다. 당시 힐러리와 딸 첼시는 해외에 있었다.

경기가 끝나고 대통령은 로즈가든을 거닐면서 다른 나라에서 선물했다는 어떤 나무들과 프랭클린 델러노 루스벨트 대통령을 위해 설치한 휠체어용 경사로를 보여줬다. 그리고 집무실로 초대했다.

이제 마크와 나, 그 외 네 명만 남았다. 그날의 일은 내 인생에서 가장 즐거웠던 경험 중 하나로 꼽힌다. 클린턴은 기억력이 정말 좋아서 개인 서재에 있는 모든 책의 내용을 기억하고 있었다. 추억이 담긴 물건들이 많았다.

클린턴은 집무실 책상으로 영국의 북극 탐사선 레졸루트호의 목재로 만든 '레졸루트 책상'을 선택했다고 설명했다. 집무실 카펫을 새로 깐 지 얼마 되지 않았을 때였는데, 클린턴은 나에게 레졸루트 책상의 대통령 인장과 카펫의 대통령 인장을 비교해 보라고 했다. 내가 보기에는 똑같았는데 클린턴은 두 인장에서 독수리가 한쪽 발에는 화살을, 다른 쪽 발에는 올리브나무 가지를 쥐고 있다고 했다. 레졸루트 책상의 인장에는 독수리가 화살을 보고 있었고, 카펫의 인장에는 올리브나무 가지를 보고 있었다. 클린턴은 해리 S. 트루먼 대통령 임기까지는 독수리가 화살을 보고 있었는데, 제2차 세계대전 이후 트루먼이 (미국이 더는 전쟁광이라고 여겨지지 않도록) 독수리가 올리브나무 가지를 바라보는 인장으로 바꿨다고 설명했다.

임기를 마친 후 빌은 종종 마크와 함께 세계를 여행했다. 빌과 마크는 밤늦게까지 카드 게임을 하고, 웃고, 가족 얘기를 나누곤 했다. 직함, 부, 권력, 명성. 마크는 그런 것에는 전혀 신경 쓰지 않았다. 그는 다른 사람들을 존중했고 그들 안의 진실한 인격을 보았다. 그래서 그를 만나는 사람은 누구나 큰 위안을 받았다. 마크는 누구보다도 의리 있는 친구였다.

2016년, 건강이 악화되는 도중에도 씩씩하게 병마와 싸우고 있던 마크는 필라델피아에서 열리는 민주당 전당대회에 가려 했다. 2016년 7월 26일, 마크는 일찍 일어나 필라델피아로 떠날 준비를 했다. 친구 힐러리 클린턴이 7월 28일 저녁 주요 정당의 첫 여성 대통령 후보자가 되는 순간을 무척 기대하고 있었다. 출발하기 전 마크는 낮잠을 잤다. 그리고 다시 일어나지 않았다. 그렇게 세상을 떠났다. 그의 나이 겨우 62살이었다.

빌 클린턴은 그날 밤 전당대회에서 어떻게 힐러리를 만났는지 이야기했다. "힐러리는 자지러지게 웃었고 저는 '이런 젠장, 다 들통났으니, 미술관까지 같이 걷자고 해야겠다'라고 생각했죠"라고 빌은 회고했다. "그때부터 우리는 같이 걷고, 얘기하고, 웃었어요." 그리고 그는 지금이 마크의 사망 소식을 전하기 적절한 타이밍이라고 보았다. "좋을 때도, 즐거울 때도, 마음 아플 때도 그랬죠. 오늘 아침 우리와 많은 분들에게 좋은 친구였던 마크 와이너가 아침 일찍 세상을 떠났다는 소식을 들었을 때도 우리는 함께 울었습니다."

클린턴 부부는 선거운동을 하루 쉬고 프로비던스에서 열린 마크의 장례식에 참석했다. 빌이 추도 연설을 했고, 나도 연설했다. 이제껏 해야 했던 가장 힘든 일 중 하나였다. 그날 빌과 힐러리, 나, 그리고 장례식에 참석한 조문객 거의 모두가 소리 내어 울었다.

나는 마크가 그립지만, 늘 그를 마음속에 새기고 있다. 마크를 한 인간으로서 존중하지 않은 날이 없었고, 그가 나를 존중하지 않는다고 느낀 날도 없었다.

친구들을 소중히 여기고 그들이 자신에게 얼마나 중요한 존재인지 전하라. 언제 친구를 잃을지 모른다. 살면서 마크 와이너 같은 사람을 만날 수 있다면 대단한 행운일 것이다.

사고는
기회다

아이들이 학교에 다닐 나이가 됐을 무렵, 조이스와 나는 프로비던스에서 60km정도 떨어진 조용한 바닷가 마을 내려갠싯으로 이사했다. 집에서 그리 멀지 않은 곳에 더치인(Dutch Inn)이라는 호텔이 있었는데, 거기에는 실내 수영장이 있어서 겨울이면 조이스가 아이들을 데리고 놀러 가곤 했다. 라운지에 있는 핀볼 게임기도 아이들이 좋아했다.

어느 날 아들 데이비드가 핀볼 게임기를 가지고 놀던 도중 동전이 떨어졌다. 데이비드는 나이답게 넘치는 기운으로 라운지를 가로질러 프런트로 달려갔다. 그때 라운지에서 프런트로 이어지는 유리 미닫이문은 열려 있었다.

그런데 다시 돌아가는 길에 데이비드는 그사이 누군가 미닫이문을 닫았다는 사실을 모른 채 라운지를 향해 돌진했다. 데이비드는 유리문에 세게 부딪혔고 머리에서 많은 피가 흘렀다.

그때 나는 55km 떨어진 프로비던스에서 일하는 중이었다. 조이스는 당연히 무척 속상해하며 내게 전화를 걸었고, 나는 차에 올라타 서둘러 호텔로 향했다. 호텔에 도착해서 보니 데이비드는 이마가 조금 찢어진 것 외에는 놀라울 정도로 멀쩡했다. 하지만 데이비드의 아버지가 변호사라는 얘기를 들은 관리인 짐 켈소의 얼굴에는 수심이 가득했다. 그는 내가 고소할까 봐 걱정하고 있었다.

나는 데이비드가 무사하다는 걸 확인하고 짐을 찾았다. 짐이 너무 안절부절못하고 어쩔 줄 몰라서 앉아 있으라고 하고는 호텔 바에서 음료수를 사다 주었다. 우리는 이야기를 시작했고 나는 겨울에 이 호텔과 수영장이 아이들에게는 오아시스 같은 존재라며 감사를 표했다.

내 태도에 마음이 놓인 짐은 말했다. "내일 아침 식사를 같이하지 않으시겠어요?" 그래서 우리는 다음 날 아침 식사를 함께했다. 알고 보니 짐은 무척 긍정적이고 친절한 사람이었다. 매우 밝고 또 그만큼 별나기도 했지만 귀여운 쪽으로 별난 친구였다. 그는 전형적인 전통 레스토랑 경영자였다. 모두에게 친절했고, 아무도 모르는 바에 들어갔을 때 옆에 앉고 싶을 만큼 친근

한 사람이었다. 그에게는 레스토랑 사업과 인생 경험에서 나오는 재미있는 이야기가 가득했다. 우리는 만난 지 얼마 되지 않았지만 평생 친구였던 것 같은 느낌이 들었고, 실제로 몇 달 뒤 그렇게 되었다.

어느 날 짐은 영리한 젊은 부동산 중개업자인 조 포미콜라에게서 내러갠싯에 있는 코스트가드하우스라는 문 닫은 레스토랑의 매입을 제안받았다고 했다. 조는 뛰어난 직감과 고객 응대 경험을 갖춘 사람이었고 짐은 내게 그 사업을 함께 하고 싶다고 말했다.

레스토랑은 완전히 폐허였다. 대서양에, 말 그대로 물 위에 떠 있는 아름답고 역사적인 장소였지만, 부엌은 바다에 면해 있고 바는 거리에 면해 있었다. 창문은 오래된 여닫이 방식이었고 너무 높이 있어서 키가 180cm는 되어야 바다가 보일 정도였다.

짐이 생각한 코스트가드하우스 성공의 핵심은 그저 맛있는 음식을 내놓는 것이 아니었다(물론 그게 가장 중요하긴 했다). 그는 레스토랑의 위치상 2층에 있는 야외 테라스에 간단한 음식을 파는 바를 두어야 한다고 생각했다. 짐은 야외 테라스가 노다지가 될 것이라고 보았다. 그리고 그의 판단은 옳았다.

짐은 레스토랑 사업 전체를 잘 알고 있었다. 어떻게 주방을 운영하고, 어떻게 바를 운영하는지 훤히 꿰뚫고 있었다. 조는 부동산과 접객 사업을 잘 알았고, 나는 변호사로서 법적 요건, 토지 용도, 허가와 관련한 도움을 주었다. 우리 셋은 팀을 이뤄 각자 중요한 역할을 했고 좋은 동업자가 되었다.

오랜 세월 레스토랑은 1991년의 허리케인 밥, 2011년의 허리케인 아이린, 2012년의 대형 허리케인 샌디를 비롯해 여러 번의 태풍과 허리케인을 견뎌냈다. 그때마다 바가 손상되었고, 그때마다 재건축과 리모델링을 했다. 너무 자주 하다 보니 마침내 레스토랑 전체의 구조가 완전히 바뀌었고 오히려 훨씬 더 좋아졌다. 바는 이제 바다 위에 있어서 전망이 끝내준다. 나는 운 좋게 전 세계를 여행했는데, 객관적으로 봐도 이보다 더 좋은 전망은 어디에도 없었다. 식당도 완전히 리모델링되었고, 부엌은 최신식이다. 코스트가드하우스는 이제 전국적으로 유명한 레스토랑이다.

나는 운 좋게도 짐과 조 모두를 만나 함께했다. 그들은 좋은 동업자였다. 1999년 짐이 사망한 뒤 짐의 역할을 이어받은 그의 아내 데비도 마찬가지였다. 2000년에는 밥 리어나도와 그의 아내인 밥 소블리에 얼리사가 소유 지분을 획득했다. 경영 파트너로서 그들은 레스토랑을 변화시켜 지금의 모습으로 만드는 데 중요한 역할을 했다.

나는 정말로 운이 좋았다. 하지만 운만 좋아서 된 것은 아니었다. 내가 열린 마음으로 행운을 받아들였다는 것이 중요했다. 나는 종종 운이 좋아지려면 많은 노력이 필요하다고 말하곤 한다. 열린 마음과 긍정적인 사고방식으로 새로운 것에 도전하면 세상은 이루 말할 수 없는 수많은 가능성으로 가득하다는 뜻이다. 예컨대 그날 내러갠싯으로 달려가면서 나는 오직 아들이 무사하기만을 바랐다. 나는 누구도 탓하려 하지 않았다. 그런 태도에 그곳의 경영자인 짐이 놀랐고, 법정 대결이 될 수도 있었던 일이 새로운 모험이 되었다. 나는 이 모험에 참여해 우리 가족이 더 윤택한 생활을 누리게 해줄 수 있었다.

다시 말해, 흔히들 말하듯이, 기회가 문을 두드리면, 문을 열고 나갈 준비가 되어 있어야 한다.

나는 코스트가드하우스 사업에 매우 자부심을 가지고 있다. 우리 직원들은 모두 정직원이지만 여름에는 130명에서 150명의 대학생들을 서빙, 설거지, 청소와 정리, 요리, 경비에 고용한다. 지금까지 수천 명의 젊은이들이 거쳐 갔다. 많은 젊은이들이 사회에 나간 후에 다시 찾아오곤 한다. 그중에는 자기가 일하는 분야에서 엄청난 성공을 거둔 이들도 있는데, 레스토랑에서 일했던 경험이 정말로 큰 도움이 되었다고 이야기한다. 청년들은 여기서 일하면서 학비를 충당하고 이후 무언가를 시도할 수 있을 만한 돈을 벌었다. 그리고 스포츠에서 그렇듯이 모두가 하나의 팀을 이뤄 열심히 일하는 것이 얼마나 가치 있는지 배웠다.

이렇게 아주 오랫동안 정말 많은 사람에게 도움과 혜택을 주게 된 계기는 순간의 선택이었다. 나는 고소하겠다고 나서지 않고 짐 켈소와 앉아서 이야기를 나누었고, 그렇게 우리는 친해졌다. 비난하거나 변명하는 대신 우리는 서로를 존중했다.

그리고 우리는 알게 되었다. 누군가의 일자리와 그 가족의 생계를 위협했을지 모를 작은 소송을 벌이기보다는 함께함으로써 더 많은 성과를 이루어낼 수 있었다는 것을.

참전용사에게
경의를

코스트가드하우스 레스토랑은 원래 1888년에 지어진 인명 구조 시설이었다. 그렇기는 해도 코스트가드하우스라는 이름을 들으면 우리나라를 지키는 해안경비대와 군인들이 떠오른다. 우리는 국가를 위해 복무한 이들의 봉사와 헌신을 잊지 않아야 한다. 나는 프로비던스에서 판사로 일하는 동안 내 법정에 많은 참전용사가 출석했고, 나뿐만 아니라 법정 전체가 그들에게 감사를 전할 수 있었던 것에 자부심을 느낀다.

내 법정에는 제2차 세계대전, 한국전쟁, 베트남전쟁에 참전한 용사들이 찾아왔고, 최근에는 이라크, 쿠웨이트, 아프가니스탄에서 복무한 참전용사들도 왔다.

법정에 출두한 참전용사 중 가장 기억에 남는 사람은 제2차 세계대전에 참전했던 캐스터 살레미였다. 캐스터는 위대한 세대(the Greatest Generation: 제2차 세계대전과 대공황을 겪은 세대 - 옮긴이)의 표본 같은 사람이었다. 그는 법정에서 매우 겸손한 자세로 1943년부터 1946년까지 태평양전쟁에서 미 육군으로 복무했다고 말했다. 1년은 뉴기니에 있었는데, 여기서 그의 부대는 루손섬에 상륙해 필리핀을 점령한 일본군을 축출할 준비를 했다. 그는 필리핀에서도 1년을 싸웠다. 루손섬 남서부의 바탄반도에서 병사들과 함께 전투에 나섰고 마닐라를 탈환하려 했으나, 캐스터의 말에 따르면 "도착했을 때 마닐라는 이미 폐허"였다.

태평양전쟁이 끝났을 때 그는 루손섬에 있었지만, 그걸로 군복무가 끝난 것은 아니었다. 그는 일본인들을 모아 송환을 위해 마닐라로 보내는 임무를 맡았다.

그로부터 60여 년 후, 캐스터는 신호 위반으로 내 법정에 섰다. 그는 이제 막 100세가 되었고, 84년을 운전하면서 딱지를 떼인 적은 한 번도 없었다고 말했다. 법정 안의 사람들은 그가 국가를 위해 봉사한 것에 그리고 100세까지 장수한 것에 박수를 보냈다.

"선생님은 서로를 존중하고, 서로를 지키고, 서로를 보호한 사람들을 대표합니다." 나는 말했다. "이 나라에 지대한 공헌을 한 선생님과 선생님 세대에 우리는 심심한 감사를 표합니다. 선생님 덕분에 이 세상이 정말로 안전해졌습니다. 선생님의 복무와 용기에 감사와 존경을 보냅니다.”

나는 말했다. “사건을 기각합니다.” 이 명예로운 사람을 위해 나도 명예로운 일을 하고 싶었다.

❖ ❖ ❖

또 한번은 롤런드 개빈이라는 노년의 신사가 내 법정에 나왔다. 그는 주차 금지구역에 주차했다가 딱지를 떼였다. 롤런드는 자기가 그곳에 주차한 것은 사실이지만, 전직 경찰관으로서 ‘주차 금지’ 표시가 있는지 확인했고(그런 표시는 없었다) 도로 가장자리가 빨간색이나 노란색으로 칠해져 있는지도 확인했다(그렇지 않았다)고 했다. 아무리 살펴봐도 주차 금지구역이라는 표시가 없어서 거기에 주차했다고 했다.

캐리그넌 경감과 나는 그를 믿고 싶었고, 그래서 딱지를 기각했다. 롤런드는 법정을 나서기 직전 베트남전쟁에 참전했다고 말했다. 나는 그에게 다시 앞으로 나와달라고 요청했다.

“왜 베트남전쟁 참전용사라고 말하지 않으셨어요?” 나는 말했다.

“묻지 않으셨잖아요.” 그가 곧바로 대답했다. 우리 모두 웃음이 터졌다. 알고 보니 롤런드는 베트남에서 3년간 복무했고,

하와이의 앞바다에서 항공모함 USS 엔터프라이즈에 폭발이 일어났을 때 승선자 중 하나였다. "그날 병사 28명을 잃었죠."

나는 그에게 베트남전쟁 참전용사를 특히 애석하게 생각한다고 말했다. 베트남전쟁은 반대가 심했던 전쟁이었다. 우리 군은 게릴라 병력과 승산 없는 싸움을 하고 있었고, 결국 허둥지둥 철수했다. 귀국한 베트남전쟁 참전용사 다수가 신체적 부상뿐 아니라 감정적, 심리적 부상까지 입은 상태였다. 베트남전쟁 참전용사 중에는 유독 약물이나 알코올에 중독되거나 노숙자 생활을 하게 되거나 더 나아가 중독자면서 노숙자가 된 사람이 많았다. 당시에는 참전용사들이 어떤 일을 겪었는지 사람들에게 제대로 알려지지 않았고, 그들은 국민 다수가 잘못되었다고 생각하는 전쟁 정책의 대변자 취급을 받았다. 귀국했을 때 그들은 영웅으로 환영받기는커녕, 국가를 위한 그들의 희생에 감사받기는커녕 사람들의 분노와 적대감을 자주 마주해야 했다.

"그래서," 롤런드는 말했다. "군복을 입은 참전용사를 볼 때면, 그에게 가서 나라를 위해 봉사해 줘서 감사하다고 말하죠. 우리는 돌아왔을 때 그런 감사를 받지 못했으니까요."

❖ ❖ ❖

베트남전쟁 참전용사와 관련된 또 다른 감동적인 사건은

리처드 이튼의 사건이다. 리처드는 신호를 위반했다. 그는 그때까지 딱지를 떼인 적이 없다고 했다. 그날은 보훈병원에서 주사를 맞고 돌아오는 길이었는데 그래서인지 제대로 집중하지 못했던 것 같다고 진술했다.

리처드는 10대 때 이스트프로비던스고등학교에 다녔다. 그리고 졸업 직후 징집되어 1969년부터 1971년까지 베트남에서 복무했다.

나는 베트남전쟁 기간에 고등학교에서 학생을 가르치고 밤에는 로스쿨에 다니고 있었다고 이야기했다. 그리고 학교 레슬링팀 코치를 맡았다는 얘기도 했다. "선수 중에 정말로 착한 아이가 있었어요. 이름은 앤드루 잭슨이었어요. 전 대통령과 같은 이름이죠. 점잖고 훌륭한 애였는데, 졸업 직후 징집돼서 베트남에 갔어요." 나는 말했다. "그리고 넉 달 뒤, 사망했습니다. 그 일을 잊을 수가 없어요. 앤드루를 생각하면 마음이 아팠고, 베트남전쟁에서 돌아온 참전용사들이 마땅히 받아야 할 존경을 받지 못했다는 사실이 마음 아팠어요."

나는 리처드의 사건에서도 딱지를 기각하기로 했다. 하지만 먼저 하와이 호놀룰루에서 그레그 아베라는 신사가 보낸 편지를 먼저 읽어보라고 했다.

아버지는 제2차 세계대전 당시 제447연대전투단에서 복무하셨고, 여전히 모두에게 연민을 베풀 줄 아시죠. 아버지는 이렇게 말씀하세요. '참전용사를 만날 기회가 있을 때마다 모두에게 감사를 표한다. 가끔은 익명으로 밥값을 내기도 한다.' …

나는 리처드에게 참전용사에게 보답하고 싶어 하는 사람이 있는데, 그가 30달러 수표를 보내 법정에서 사용해 달라고 했다고 리처드에게 전했다.

"사건을 기각하겠습니다. 그리고 우리는 호놀룰루에 있는 루스벨트고등학교의 교사 아베 씨에게 감사를 표할 겁니다. 피고인에게 법정 비용 30달러를 청구합니다. 그리고 그 금액을 아베 씨의 수표를 사용해 납부하고 아베 씨의 따뜻한 마음과 그의 아버지의 복무에 감사드릴 겁니다." 그래야 할 것 같았다. 리처드 이튼의 에피소드는 전 세계 사람들의 심금을 울렸고, 100만이 넘는 조회수를 올렸다.

베트남전쟁 참전용사 중 지금까지 살아 있는 사람은 3분의 1에 불과하다. 우연히 그들을 마주친다면 그들의 봉사에 감사를 표하길 바란다. 그들은 마땅히 감사받아야 하고, 이미 오래전에 감사받아야 했다. 그리고 다들 참전용사 단체를 도우라고 권하고 싶다. 이런 단체들은 항상 기부금과 봉사자를 필요로 하기 때문이다.

다양성은
사회를 윤택하게 한다

내가 사는 지역사회, 시, 주, 국가에 이바지하고, 변화를 일으킬 방법은 많다. 나는 로런스 윌슨 3세가 연체된 신호 위반 딱지와 세 건의 주차 위반 딱지로 내 앞에 섰을 때 이 사실을 다시금 되새기게 되었다.

로런스는 키가 크고 잘생긴 데다 편견 없고 친절하고 여유 있는 사람이었다. 그는 프로비던스 시장 취임식에 갔었고, 시청 계단 위에서 내가 시장에게 취임 선서를 시키는 걸 봤다고 말했다. 그는 그날이 무척 추운 날이었다고 회상했다. 내 기억에도 그랬다.

먼저 나는 그날 날씨가 아니라 내가 얼마나 훌륭했는지를 말해야 했다고 농담을 던졌다. 웃으면서 나는 그에게 다시 한번 기회를 주겠다고 말했다.

"네, 재판장님." 그는 말했다. "정말 멋지셨어요!" 우리 둘 다 웃음을 터뜨렸다.

나는 로런스에게 왜 시장 취임식에 왔냐고 물었다. "시장님을 지지하고, 시장님과 함께 일했거든요." 그는 설명했다. 이어서 그는 '리더십과 다양성'(이후 윌슨 기구로 이름을 바꾸었다)이라는 새 회사를 설립했다고 말했다. 이 회사는 기업들이 더 다양한 배경의 직원을 고용해 지역의 인구 구성을 더 잘 반영할 수 있게 돕는다. 로런스는 이 일을 하면서 시장과 협력해 왔다고 했다.

로런스는 주차 위반 딱지로 세 번 출석했다. 그때마다 그는 자신의 책임을 회피하지 않았고, 그의 진술이 타당하면 딱지는 기각되었다. 그리고 범칙금이 기각될 때마다 그는 그 금액을 지역 자선단체를 위해 기부했고, 이 기부금은 필로미나 기금을 통해 전달되었다.

나는 그가 프로비던스의 재계에서 리더십과 나양성을 촉진하는 것을 칭찬하고 싶다. 다양성 포용은 관용뿐 아니라 타인에 대한 진정한 이해와 수용으로 향하는 첫걸음이다.

다양성 포용은 타인에게 존중을 표하는 또 다른 방식일 뿐이다. 우리는 고객, 소비자, 의뢰인을 대면하는 사업 전체에 자신만의 관점과 통찰을 제공하는 타인에게서 많은 것을 배울 수 있다. 법의 경우도 마찬가지다.

미국인 기업가 맬컴 포브스가 한 말처럼 "다양성은 독립적으로 함께 생각하는 기술이다." 오늘날의 세계화 환경에서 다양성 포용은 미덕에 그치는 것이 아니라 생존 요건이 된다. 기업만이 아니라 지역사회도 나라도 마찬가지다.

지역의 인구구조를 더 잘 반영할 수 있도록 기업이 더 다양한 사람들을 채용하게 만드는 게 쉬운 일로 보일 수도 있다. 하지만 현재 상황을 바꾸려고 하면 흔히 저항에 부딪히게 된다. 벌써 여러 번 언급했듯이 나는 개인적으로 이탈리아계라는 이유만으로 배제되었다고 느낀 적이 있다. 아직도 그때 생긴 상처가 남아 있다. 그러니 피부색이나 성별에 따른 차별은 오죽할까.

무엇보다도 아주 오랫동안 기업과 정부 관료들은 이 문제를 전혀 인식하지 못하고 있었다. 원래 그렇다고, 더 심하게는 지금까지 이래왔으니 앞으로도 이럴 거라고 생각하고 넘겼다.

그러고 나면 꼭 (나는 실제로 자라면서 이탈리아계와 관련해 이런 말을 하는 걸 들었다) "채용하려고 했는데, 괜찮은 사람이 없다"고들 한다. 어떤 소수집단이건 답은 항상 이랬다. "훈련이 되어 있지 않고, 경험이 없다. 적임자를 찾을 수 없다."

하지만 이건 본말이 전도된 것이다. 다양한 배경의 지원자를 고용하기 위해서는 기업이 그들을 채용하고 훈련시키고, 다른 업계에서도 유능한 지원자를 데려와야 한다. 바로 그 점에서

로런스 윌슨의 일이 너무나 중요하다. 우리는 진입장벽이 되는 요인이 그렇게 중요한지 의문을 가져야 한다. 지원자가 일을 잘할 수 있다면 학사 혹은 그 이상의 학위가 필요한가? 학위가 필요하다면 일하면서 학위를 따게 도와줄 수는 없는가? 이런 질문을 던져야 한다.

다양성이 중요한 이유는 수없이 많다. 특히 아이들은 자신과 닮은 사람이 권위와 능력을 갖춘 최고의 자리에 있는 모습을 보고 자라야 한다.

프로비던스 공립학교 웹사이트에 따르면 '학생들과 그 가족들이 사용하는 언어는 모두 합쳐 55개에 이르고, 출신 국가는 91개에 달한다'고 한다. 그래서 학생들은 배움에 어려움을 겪을 수 있다. 하지만 언젠가 이 아이들 중에서 미래의 시장, 미래의 주지사, 심지어 미래의 대통령이 나올지도 모른다.

내 법정은 프로비던스의 축소판이었다. 프로비던스는 수백 년 동안 이민자를 환영해 온 진보적인 도시다. 내 앞에 출두한 피고인 다수가 인생이 공정하디고 느끼지 못했을시라노, 내 법정에 있는 순간만은 말하고 누군가가 들어주고 우리 법 제도가 요구하는 방식으로 공정한 대우를 받을 기회라고 느끼기를 진심으로 바랐다. 법정으로 오는 길에는 그렇게 느끼지 않았더라도, 법정에서 나갈 때는 그렇게 느꼈기를 바란다.

자신의
진정한 가치 알기

내가 미처 몰랐던 자기 존중의 측면 중 하나는 자신의 진정한 가치를 알고 그에 걸맞은 요구를 하는 것이었다.

이혼 사건을 통해 알게 된 친구 리처드는 내가 당연하게 여기며 무료로 해주던 일들을 돈을 받고 하라고 가르쳐 주었다. "자네는 이런 일을 매일 하잖아. 자네는 자기가 해주는 일의 가치를 모르고 있어." 그의 조언은 내 사업과 삶에 커다란 영향을 주었다.

그중 한 사례는 우리 사무실 변호사가 프로비던스 근처에 160명을 수용할 양로원을 지으려 하는 부동산 전문가를 만났을 때였다. 개발자이기도 한 그가 공사를 감독하고 그의 동업자가 양로원 관리자가 될 예정이었다. 그들은 계획을 모두 세워 놓았지만 특정 연방 세액공제 및 혜택을 받으려면 연방주택청(Federal Housing Administration, FHA)에서 인허가를 받아야 했다. 그들은 사방에서 장애물에 막혀 있었다.

우리 사무실 변호사는 그들이 받아야 할 인허가를 전부 이해하도록 도와줄 수 있겠냐고 물었다. 철두철미하게 준비하지 않으면 인허가를 받을 수 없을 것이고, 거래도 성사되지 않을 테니 앞으로 나아갈 수 없었다. 나는 프로젝트를 살펴보고 이 사업이 지역사회에 큰 도움이 되겠다고 생각했다. 그리고 양로원 관리자가 될 엘리너 피사투로가 원칙을 철저히 지키는 사람이며 존경받는 명석한 전문가라는 사실을 알게 되었다. 그래서 양로원이 성공할 거라는 확신이 들었다.

연방주택청의 지역 행정관이 아는 사람이어서 나는 기꺼이 이 프로젝트를 그녀에게 설명하고, 인허가에 필요한 서류를 전부 준비해 제출할 의향이 있었다. 프로비던스의 시의원을 지냈고 몇 년째 개인 법률사무소를 운영 중인 변호사로서 나는 관료들이 일하는 방식과 필요한 인허가를 얻는 절차를 누구보다도 잘 알고 있었고 관련 경험도 풍부했다.

나는 만약 인허가에 성공하면 수임료를 한 번에 받고 끝내기보다는 이 사업의 파트너가 되고 싶다고 제안했다.

처음에는 파트너 중 한 명이 거부했다. "당신이 하는 일이 그만큼의 가치가 있단 말입니까?" 그는 물었다.

나는 답은 간단하다고 말했다. 내가 없다면 그들은 이 사업의 지분을 100퍼센트 가져갈 수 있겠지만 이 사업은 진행되지 않을 것이다. 내가 있으면 그들의 지분은 조금 작아지지만 내가 최선을 다해 반드시 모든 행정적, 절차적 요건을 충족시켜 사업이 진행되게 할 것이다. 선택은 그들 몫이었다.

나는 잠시 자리를 비워달라는 요청을 받았다. 문 너머로는 무슨 말을 하는지 들리지 않았지만 고함이 들리는 것으로 보아 언쟁 중인 걸 알 수 있었다. 마침내 문이 열리고 나는 다시 들어갔다. 결국 그들은 내 조건을 받아들이기로 했다.

나는 모든 인허가에 요구되는 서류를 전부 준비하고 다양한 관료 조직 사이에서 절차를 진행했다. 그리고 마침내 FHA의 인허가를 받아 체리힐매너를 지었다. 체리힐매너는 아직도 로드아일랜드 최고의 요양원으로 꼽힌다.

리처드가 내게 이 귀중한 교훈을 가르쳐 주었다. 바로 자신이 기여하는 가치를 제대로 알고 당당하게 그만큼의 보상을 요구하라는 것이다. 특히 여성들에게 간곡히 호소하고 싶다. 너무나 오랫동안 여성의 기여는 인정받지 못하고 저평가됐다. 나는 내 딸, 조카, 손녀들이 자신이 기여한 만큼 보상받기를 진심으로 바란다.

사랑은 때로
단호해야 한다

때로는 사람들에게 언제 아니라고 말해야 할지를 아는 것도 일종의 자기 존중이다.

내가 판사로서 지나치게 관대하고 법정에 온 사람들을 너무 많이 봐준다고 생각하는 사람들도 많았다. 나는 그런 평가에 동의하지 않는다. 나는 어려움을 마주한 사람들을 최대한 연민하려 했다. 그들의 상황을 이해하려 애썼다. 그리고 기회를 주는 게 그들에게도 그리고 정의 실현에도 더 좋다는 생각이 들면 기회를 주었다.

하지만 내 앞에 선 사람이 도저히 허용할 수 없는 행동을 한 경우도 정말로 많았다. 그들은 법원 건물의 직원에게, 법정에, 그리고 판사인 나에게 무례하게 굴었다. 혹은 뻔뻔하게 자기가 일으킨 위반을 무시하거나, 고의로 책임을 회피해 결국 상황을 더 악화시키기도 했다. 그럴 때면 나는 자비를 덜 베풀고 법을 훨씬 더 엄격하게 적용했다.

내가 보기에는 남을 존중하는 것과 존중받는 것 모두가 자기 존중의 한 모습이다. 그리고 자기 존중이 있다면, 때로는 당신을 무시하거나 스스로를 망가뜨리는 사람들과의 관계에서 어려운 결정을 내려야 한다. 그들의 문제가 어느 순간 당신의 문제까지 되기 때문이다.

누구나 건드려서는 안 되는 부분이 있다. 그리고 가끔 내 법정에는 나의 그런 부분을 건드리는 피고인들이 있었다. 기억에 남는 한 사례의 주인공은 데이비드 노턴이었다.

데이비드는 딱지와 자동차 등록 문제를 해결하려고 법정에 섰다. 그는 내가 자신을 위해 뭘 해줄지 궁금해했다. 내가 곧바로 지적했듯이 내가 해줄 수 있는 건 많았다. 하지만 도대체 내가 왜 그래야 한단 말인가?

데이비드는 별다른 노력을 기울이지 않았다. 그의 차는 견인되어 있었고, 미납된 딱지는 이미 29건이나 됐다. 범칙금 총액은 1,090달러였다. 그는 300달러를 납부했지만, 범칙금은 남아 있었다. 그런데도 한 푼도 내지 않았다. 대신 그는 자동차 등록을 변경했다. 아무도 같은 차라는 걸 모를 거라고 생각한 듯했다. 자동차 등록을 새로 한 후에도 그는 9건의 주차 위반 딱지를 떼였다.

"참작의 여지가 별로 없네요"라고 나는 그에게 말했다. 책임을 회피하려는 그의 행동은 법정을 전혀 존중하지 않는 무례한 행위였다. 그럼에도 나는 그를 괴롭히고 싶지는 않았다. 오히려 나는 추가 범칙금을 일부 면제해 주고 분할 납부 계획에 동의하라고 하면서 다시 내 법정에 나타나면 조금도 봐주지 않겠다고 엄하게 경고했다.

법정에 나온 것이 데이비드에게 아무런 도움이 되지는 않았지만, 나는 분할 납부를 통해 자기 행동에 책임질 기회를 주는 게 좋겠다고 생각했다. 만약 데이비드가 정기적으로 제때 범칙금을 납부한다면 총 납부액은 범칙금보다 적을 것이다. 하지만 만약 제때 납부하지 않는다면 범칙금이 전부 청구될 것이다. 이제 자기 하기 나름이었다.

❖ ❖ ❖

가끔 딱지를 떼인 당사자가 아닌 다른 사람이 법정에 나오기도 했다. 나는 잘못한 것이 없는데도 다른 사람의 책임을 짊어지려 출두한 사람을 처벌하고 싶지는 않았다.

마리아 로페즈는 자기 명의로 된 차에 발부된 여러 건의 딱지를 해결하러 법정에 섰다. 알고 보니 딱지는 전부 아들이 떼인 것이었고, 아들은 자기 행동을 책임지려 하지 않았다. 아들은 매번 엄마를 내세워 상황을 모면하려 했다. 마리아의 아들은 24살에 직업도 있었다. 그런데도 마리아는 여전히 아들 대신 법정에 나와 범칙금을 물어주려 하고 있었다.

나는 이제 자식을 강하게 키울 때라고 이야기했다. 마리아가 아들의 자립을 막고 있다고 말했다. 마리아는 내 말을 인정하려 하지 않았고, 7년 전 남편이 세상을 떠났고 그때부터 아들이 해달라는 걸 거절할 수 없었다고 설명했다. 그 마음은 이해했지만 결과는 엄마에게도 아들에게도 좋지 않았다.

어머니가 되는 건 세상에서 가장 어려운 일 중 하나다. 그래서 나는 마리아의 아들이 어머니가 해주는 모든 것에 감사하기를 바란다. 하지만 나는 부모로서 해야 할 가장 중요한 일 중 하나는 아이들이 자기 행동을 책임지도록 가르치는 것이라고 믿는다. 어미 새도 아기 새를 둥지에서 밀어내 나는 법을 배우게 하지 않는가.

야스민 발데라는 마리아와는 극과 극인 어머니였다. 우리는 그녀를 '세상에서 가장 엄한 엄마'라고 불렀다. 20살 아들이 새 직장에 어머니의 차를 몰고 갔다가 주차 위반 딱지를 하나 떼자, 야스민은 주 차량등록사업소에 가서 자동차 말소 등록을 신청했고, 한 대 남은 차도 아들이 몰지 못하게 했다.

나는 그녀에게 집으로 가서 아들을 안아주고 따뜻한 말을 건네라고 했다. "저는 애들을 정말 사랑해요." 그녀는 말했다. "하지만 저는 아들을 혼자서 키우는데 이건 부당해요. 그 애는 주차 시간에 제한이 있다는 걸 알고 있어요. 그러면 신경 써서 시간을 지키고 엄마가 일하는 시간을 방해하지는 말아야죠. 재판장님, 규칙 위반으로 발부된 75달러 딱지는 받아들일 수 없습니다."

나는 야스민에게 아들의 가장 큰 문제가 주차 위반 딱지라면 감사히 여길 일이라고 말했다. 그리고 야스민이 법정에 오기 전 취한 조치를 고려해 사건을 기각했다. 아들은 열심히 일하고 법규를 준수하는 홀어머니의 행동에 감사하지 않았을지 모르지만, 나는 그가 이제부터 주차요금 징수기에 넣을 동전을 늘 충분히 갖고 다닐 거라고 확신한다! 그는 운 좋게도 자식을 강하게 키우는 게 얼마나 중요한지 아는 어머니를 두었다.

❖ ❖ ❖

법정에서 나는 종종 수습하기 어려운 상황을 남기고 떠난 전 애인의 실수를 짊어진 젊은이들을 보기도 한다. 안타깝게도 대부분은 어린 자식이 있는 젊은 여성들로 가정을 버린 아버지가 벌인 일로 고통받고 있었다.

한번은 간호사로 일하는 티아나 에스피날이 세 살 난 아들게이브리얼과 함께 법정에 섰다. 그녀에게는 16살 딸도 있었는데 크랜스턴이스트고등학교 3학년생이었다.

티아나에게는 딱지가 많았다. 누구 책임이냐고 물으니 일부는 자신이고, 일부는 동생이라고 했다. 그리고 애들 아버지가 그녀 이름으로 자동차를 등록해 놓아서 그의 딱지까지 책임지게 됐다고 말했다.

전남편은 두 달 전 떠났다고 말했다. "전부 혼자 하고 있어요." 그녀는 전남편뿐이 아니라 그 누구에게도 금전적 지원을 받지 못하고 있다고 했다. 나는 싱글맘으로 지내는 게 어떤지 이야기해 달라고 했다.

"힘들어요." 그녀는 말했다. "정말로 힘들어요." 티아나는 딸이 우등생이고, 장학금을 타려고 애쓰고 있어서 동생을 돌보는 책임까지 지게 하고 싶지는 않다고 했다. 그래서 전부 혼자 짊어져야 했다. 아침이면 아들을 어린이집에 맡기고 일을 하러 가고, 오랜 시간 일하고 나면 자신의 양아버지 집에서 아들을 데려오고 다음 날을 준비하는 게 티아나의 하루였다. "쉴 틈이 없어서 힘들어요." 그녀는 말했다. "하지만 엄마가 되기로 선택했으니 제 몫이죠."

티아나는 두 아이를 키우고 있었고, 어린 아들은 아직 그녀의 보살핌이 필요해 보였다. 나는 어려운 상황에서도 그녀가 긍정적인 태도를 유지하고, 그녀의 전남편 같은 사람들이 회피하려는 책임을 기꺼이 지려 하는 모습에 감명받았다.

티아나는 말했다. "왜 그런지 아세요? 다른 사람을 돕고 있으면 기분이 좋거든요. 옳은 일을 하면 기분이 좋아요."

나는 이 헌신적인 엄마가, 정작 자신은 도움받지 못하고 있는데도 다른 사람들을 도우려는 이 여성이 도움받아 마땅하다고 생각했다. 그래서 필로미나 기금으로 그녀의 범칙금을 납부하게 했다.

❖ ❖ ❖

또 한번은 아리따운 여성이 내 법정에 왔다. 그녀는 신호 위반 딱지 하나와 주차 위반 딱지 네 건을 받았다. 남자친구와 자기 차를 같이 쓰는데 딱지를 떼인 건 남자친구라고 설명했다.

나는 지금 남자친구는 어디 있냐고 물었다. 그녀는 답했다. "여기 없어요."

나는 왜 그가 법정에 나와 '자백하시' 않느냐고 물었다.

"제 책임이니까요." 그녀가 말했다.

나는 그녀에게 몇 가지 질문을 더 했고, 그녀에게 마음이 쓰였다. 그녀의 남자친구는 일을 하지 않고 있었다. 반면 그녀는 일하면서 학교에 다니고 있었고, 학비도 자기 돈으로 내고 있었다. 이 모든 것에 나는 박수를 보냈다. 하지만 교제 상대를 제대로 골랐는지는 확신할 수 없었다. 나는 범칙금을 줄여줬지만, 그녀의 남자친구가 자기 잘못을 책임지기를 진심으로 바랐다.

나는 이 젊은 여성이 마침내 이제는 삶의 짐을 내려놓을 때라는 사실을 깨달았으면 좋겠다. 가끔 내 법정에 오는 여성들에게도 정확히 이렇게 말하곤 했다. 그리고 여성들은 대개 내 말에 동감하곤 했다.

나는 판사로서 해야 할 역할을 아슬아슬하게 넘나드는 줄타기를 한다. 미래가 창창한 젊은이가 이용당하고 있는 걸 보면 판사 카프리오는 아버지 카프리오에게 밀려나고, 나는 조언을 건넨다. 이 여성이 내 조언을 받아들였기를 바란다.

가끔 사람들은 자신이 소중히 생각하는 사람에게 진실을 말하지 못하고 주저한다. 자기 실수로 스스로 배우는 게 낫다고 생각한다. 혹은 상대방이 조언을 잘못 받아들여 자신을 존중하지 않는다고 생각할까 봐 걱정한다. 하지만 내 경험에 따르면 그렇지 않다. 누군가를 염려한다면 그들이 마주하고 있는 어려움을 알고 있고 자신의 경험으로 그들을 다른 길로 인도해 줄 수 있다고 상대에게 알려주는 것이야말로 그들에 대한 존중이다. 그들 역시 나를 존중한다면 내 조언에 따르든 따르지 않든 고맙게 여길 것이다.

연민에 관하여

4부

·

이해

이해에
대하어

이해는 여러 가지 형태로 나타난다. 공감하며 듣는 것도, 다른 사람의 기분을 알아채는 것도 이해다. 이해는 특별한 유형의 듣기라고 할 수 있다. 상대방이 내게 말하는 것을 관대하고 너그러운 마음으로 듣는 것이다. 진심으로 귀 기울이고 있다고 상대방에게 알려주는 것이다.

이해는 영어든 외국어든 혹은 심지어 아무런 말이 없을 때도 자신이 보고 있거나 듣고 있는 말을 인식하는 것이다. 일종의 상황인식이다. 이해는 주어진 상황에서 무슨 일이 벌어지고 있는지 아는 것을 의미한다.

마지막으로, 이해의 가장 중요한 측면은 통찰력, 즉 상황에 대한 정확한 통찰과 무엇을 해야 하는지에 대한 정확한 판단이다.

내가 경험한 바에 의하면 연민을 가지면 더 좋은 사람이 된다. 존중은 다른 사람을 대하는 데 큰 도움이 된다. 하지만 이해가 있어야 인간의 잠재력을 완전히 발휘할 수 있다.

이해한다는 것은 기본적으로 옳고 그름을 알고 자신을 옳은 길에 머물게 해주는 결정을 내린다는 의미다. 옳고 그름이란 가정(생물학적 가족이나 법적·사회적 관계로 맺어진 가족만이 아니라 내 안전망이 되어주는 사람들일 수도 있다)에서 종종 이야기와 전통을 통해 전해지는 가치들이다. 이 가치들은 자신이 어디서 왔는지 더 깊이 이해할 수 있게 해주고, 또 다른 층위의 이해로 이어진다. '지금 나는 누구인가, 그리고 나는 어떤 사람이 되고 싶은가?'

지금의 자신이 마음에 들지 않는다면 내가 원하는 사람이 되기에 절대 늦지 않았다. 나는 변화할 수 있다고 믿는다. 몇 번이고 변화가 일어나는 걸 보아왔다. 변화는 책임을 지고, 자신의 실수를 인정하고, 끝까지 포기하지 않고, 도저히 견딜 수 없을 것 같은 상황도 버텨내고, 실수로부터 배웠다는 것을 증명하는 데서 일어난다. 이런 행동은 내가 이야기하고 있는 유형의 이해와 관련이 있다. 진정한 이해란 괴롭더라도 진실을 추구하는 것이다.

마지막으로 깊은 이해에서 중요한 또 다른 요소는 소속감을 느끼고 더 높은 목표에 기여하는 것이다. 동네에서든 신앙 공동체에서든 자선단체에서든, 우리가 자신보다 커다란 무언가의 일부라는 느낌을 주는 그런 목표 말이다. 어떤 집단이든 상관없다. 중요한 것은 공동체 의식을 통해 삶의 의미를 느끼는 것이다.

자신의 실수를
인정하기

나는 완벽과는 거리가 멀다. 인간이라면 누구나 그렇듯이 나도 실수를 한다. 살아오면서 작은 실수를 하기도 했고, 큰 실수를 저지르기도 했다. 하지만 나는 실수했다는 걸 알아차리면 그 사실을 인정하려 한다. 그리고 자신이 저지른 실수를 인정하려고 법원에 나오는 사람들을 볼 때마다 감명받는다. 자기 실수를 인정한다는 것은 자기가 처한 상황과 자기 행동을 잘 이해하고 있고, 너무 잘 이해하고 있어서 다시는 그런 실수를 하지 않을 거라고 보여주는 것이다.

언젠가 법정에서 실수를 한 적이 있다. 내가 받은 서류에는, 내 앞에 선 다이애나 카스트로의 차에 바퀴 잠금장치가 걸려 있으며 이런 일이 처음이 아니라는 내용이 담겨 있었다. 나는 그녀가 이전의 실수에서 아무것도 배우지 못했다는 생각에 실망했고, 자기 차와 관련된 상황에 대해 나에게도 자신에게도 100퍼센트 솔직하지 못하다는 느낌이 들었다. 게다가 그녀의 태도가 좋지 않다고 지적도 했는데, 그것도 내 판단에 영향을 미쳤다. 그 결과 나는 조금 엄한 처분을 내렸다. 큰 액수의 추가 부담금을 청구하고 서기에게 가서 납부하라고 했다.

그녀가 서기에게 가는 동안 퀸 경감이 내가 결정의 근거로 삼은 정보의 일부가 정확하지 않다고 조용히 알려주었다. 나는 그녀가 아직 처리되지 않은 일부 딱지를 해결하기 위해 자발적으로 법정에 출두했다는 사실을 모르고 있었다. 그녀는 어릴 때부터 자신과 동생을 키워준 할머니의 장례식에 참석하느라 떠났다가 막 돌아온 참이었다. 이제 그녀는 혼자서 동생과 어린 자식을 돌보아야 했다. 그녀는 미처리된 딱지를 처리해서 바퀴 잠금장치를 해제하려고 법정에 온 것이었다.

나는 그녀를 꾸짖어서는 안 됐다. 나는 그녀에게 법정으로 다시 돌아와 다시 마이크 앞으로 와달라고 부탁했다.

나는 다이애나를 마주 보고 해결되지 않은 문제를 책임지기 위해 법정에 자발적으로 돌아온 것을 칭찬했다. 그녀가 법정에 나온 것뿐 아니라 동생과 딸을 키우기로 다짐한 것이 그녀가 얼마나 강한 사람인지 보여준다고 말해주었다. 나는 그녀의 딱지 대부분을 기각했고 힘내라고 격려했다.

내가 틀렸다고 인정하고 용서를 구하는 데는 용기가 필요하다. 잘못을 책임지는 것은 전혀 부끄러운 일이 아니다. 그러니 다시 다이애나, 다시 한번 내 사과를 받아주세요. 당신과 당신 가정이 행복하기를 기원합니다.

가지 않은 길

가끔 나는 법정에서 어린 시절 나쁜 길로 빠져 잘못된 선택을 내린 결과 오랫동안 수감 생활을 한 사람들을 만났다. 이제 어른이 된 그들은 예전과는 다른 길을 가고 싶어 했다. 나는 그렇게 생각하는 이들을 지지하고 항상 응원한다. 그리고 그들이 살면서 얻은 교훈을 나눔으로써 다른 사람들, 특히 남자아이들이 같은 실수를 저지르지 않도록 막을 기회가 있다면 그렇게 하기를 권했다. 기억에 남는 한 사례로는 니키타 브라운이 있다.

니키타는 무려 20년 전 자동차 번호판 문제로 받은 소환장을 해결하러 내 법정에 왔다. 나는 지난 20년 동안 어디 숨어있었느냐고 물었다. 그의 대답에 나는 놀라고 감동했다.

"저는 노숙자였고 엉망으로 살았어요. 문제를 바로잡으려고 온갖 잘못된 일을 했죠. 감옥을 드나들고, 옳지 않은 일을 했어요. 그러다 마침내 저는 나이를 먹었고 이제는 달라졌어요."

니키타는 자기가 45살이고 다 합해서 거의 30년을 감옥에서 지냈다고 설명했다. 마지막으로 출소한 지 3년째였다. 나는 그가 젊은이들에게 자신의 경험담으로 많은 도움을 줄 수 있을 거라고 말하고, 나쁜 길에 빠질 조짐을 보이는 젊은이들에게 어떤 조언을 하겠냐고 물었다.

"정말로 이렇게 말할 거예요. 너희들이 가려는 길, 그 길은 파멸로 이어질 뿐이라고요." 그는 말했다. "거기서는 좋은 걸 하나도 얻을 수 없을 거라고요."

나는 그가 보기에 이 아이들이 가야 할 옳은 길은 무엇이냐고 물었다.

"옳은 길은," 그는 말했다. "그저 아이로 있는 거죠. 이렇게 말해주고 싶어요. 너무 빨리 어른이 되려고 하지 마라. 그저 아이로 있으면서 아이답게 지내라. 어른들의 삶에 뛰어들려고 하지 마라."

좋은 지적이었다. 이런 아이들이 모르는 것은 그들이 지루하다고 여기는 것(부모님과 어른들 말에 귀 기울이기, 학교 다니기, 숙제하기, 졸업하기 등)이 바로 옳은 길을 가리키는 이정표라는 사실이다.

니키타와 이야기를 나누고 로버트 프로스트(Robert Frost)의

시 「가지 않은 길(The Road Not Taken)」이 떠올랐다.

가지 않은 길은 때로는 지루할 수도 더 힘들거나 무서울 수도 있지만, 품위와 명예를 지키는 길이다. 그리고 그것이 모든 것을 바꾼다. 이것을 이해하면 인생이 달라질 수 있다.

나는 니키타가 운전면허증을 취득하고 계속 옳은 길로 나아갈 수 있도록 그의 딱지를 모두 기각했다.

❖ ❖ ❖

때때로 우리는 내가 짊어진 짐이 너무 무거워서 자신의 자기파괴적인 행동을 바꿀 수 없다고 느끼기도 한다. 하지만 장담컨대, 우리는 그럴 수 있다. 나는 진정으로 변화를 원한다면 변화를 이룰 수 있다고 믿는다.

스티브 도리가 내 법정의 단상에 올랐을 때 나는 그에게 그의 명의로 네 대의 자동차를 등록했고 다섯 건의 딱지를 떼인 것이 보인다고 말했다. 15년 전의 주차 위반 딱지 두 건, 14년 전의 주차 위반 딱지 두 건, 최근의 속도위반 딱지 한 건이었다. 그는 설명하겠다고 했다. 그의 명의로 된 차는 두 대뿐이었다. 나머지 두 차는 "전생에 있었다"고 그는 말했다. 그는 먼저 있던 두 대의 차로 일으킨 위반과 그가 현재 소유한 차로 일으킨 위반 사이에 큰 시간 차가 있다고 언급했다. 그가 법정에 온 것은 지금의 차로 일으킨 위반을 해결하기 위해서였다.

스티브는 8년 전 재활을 시작했고 현재 4년째 술을 마시지 않고 있다고 말했다. 지난 4년간 그는 속죄하고, 범칙금을 내고, 차를 두 대 사고, 레스토랑을 매수했다.

"훌륭한 사람이네요." 나는 그에게 말했다.

"항상 그랬던 건 아닙니다." 그는 인정했다.

나는 법을 흑백논리로 보지 않는다고 그에게 말했다. 나는 사람들이 살면서 고비를 맞기도 한다는 걸 알고 있다. 어떤 사람들은 이런 고비에 무너진다. 어떤 사람들은 이겨낸다. 내가 보기에 스티브는 이전의 상황을 이겨내기 위해 열심히 노력하고 있는 사람이었다.

그러려면 엄청난 용기가 필요하다. 엄청난 힘이 필요하다. 엄청난 의지가 필요하다. 나는 유혹을 이겨내기가 얼마나 어려운지 안다.

나는 14년과 15년 전의 딱지들을 기각했다. 남은 건 최근의 속도위반 딱지 한 건이었다.

스티브는 어린이보호구역에서 속도를 위반했다고 설명했다. 하지만 그때는 토요일 오전 8시였고 학교는 문을 열지 않았다. 그래서 나는 그 딱지도 기각했다. 나는 스티브가 스스로 이뤄낸 것들이 자랑스러웠다. 그는 4년 동안 술을 마시지 않았고 자기 레스토랑을 운영하고 있고 새 레스토랑을 내려 하고 있었다.

그는 세계적인 체조선수이자 작가인 댄 밀먼(Dan Milman)의 말처럼 '변화의 비결은 오래된 습관과 싸우는 것이 아니라 새로운 습관을 쌓는 것에 온 힘을 기울이는 것'이라는 걸 이해했다. 그것을 이해한다면 불가능은 없다.

사람은
바뀔 수 있다

2022년 내 법정에 출석한 한 신사가 22년 전인 2000년에 내 앞에 선 적이 있다고 말했다.

당시 그는 막 출소해서 약을 끊고 새사람이 되려고 구세군 프로그램에 등록한 상태였다. 처음 그가 내 앞에 섰을 때 나는 그의 위반과 범칙금을 모두 기각했고, 그에게 새사람이 되라고 했다.

20년이 지난 지금, 그는 그때 우리가 나눈 대화가 약을 끊는 데 도움을 주었다고 말했다. 그는 18개월 동안 약을 끊었다가 다시 손을 댔다. 그러다 2009년에야 마침내 약을 끊을 수 있었고, 그 이후로는 약에 손을 댄 적이 없다고 했다.

그는 말했다. "제가 마침내 해냈어요."

우리는 그게 쉬운 일이 아니라는 걸 안다. 중독자에게 중독을 끊는 것은 완벽에 도달하는 것과 마찬가지로 무척 어려운 일이다. 나는 내 법정에서 중독이 개인에게, 그 가족에게, 그리고 사회 전체에 얼마나 해로운 영향을 미치는지 보았다. 중독의 폐해가 엄청난 만큼 온전한 정신을 유지하는 사람들을 격려하는 것은 언제나 뜻깊은 일이다. 그들의 노력에 긍정적인 영향을 줄 수도 있다. 온전한 정신을 유지하는 것을 하루하루 이어가다 보면 하루가 한 달이 되고, 1년이 되고, 평생이 될 수도 있다. 그리고 내 법정에서 나는 결국 중독을 이겨낸 사람들의 성공 사례를 목격했다.

❖ ❖ ❖

펠리샤 뮤리엘이라는 여성은 다시 태어난 사람의 전형을 보여주었다. 내 앞에 섰을 때 그녀는 17년간 온전한 정신을 유지하고 있었다.

펠리샤에게는 주차 위반 딱지 하나가 있었다. 기록을 보니 놀랍게도 그전까지 한 번도 주차 위반 딱지를 떼인 적이 없었다. 나는 그녀에게 해명할 것이 있냐고 물었다. 펠리샤는 미리엄 병원에서 딱지를 떼였다고 말했다. 펠리샤는 중독재활 전문가였고, 누군가 약물 과다 복용으로 병원에 실려 오면 응급실에서 그녀를 호출했다. "저는 병원으로 가서 환자가 해독과 치료를 받도록 설득하는 일을 해요." 그녀는 자신이 속한 단체가 병원과 주차 문제에 합의해서 병원 입구(대개 주차 금지 구역이다)에 주차할 수 있게 되어 있다고 설명했다. '시간이 가장 중요하기 때문'이다. 그런데 거기서 주차 위반 딱지를 받은 것이다.

나는 펠리샤에게 호출을 받으면 어떻게 하는지 이야기해 달라고 했다. "들어가서 환자하고 얘기를 나눠요." 펠리샤가 말했다. "그리고 제가 예전에 어땠는지 설명하고 17년째 약에 손을 대지 않고 있다고 말하면서 그들이 순순히 해독을 받거나 재활 센터에 들어가도록 설득하죠." 그리고 펠리샤는 이렇게 덧붙였다. "성공률이 꽤 높아요."

펠리샤는 자신이 일을 잘한다고 말했고 나는 그녀의 말을 믿었다. 그리고 그녀가 다른 사람을 도움으로써 자신을 계속해서 돕고 있다는 것도 믿었다. 17여 년간 온전한 정신을 유지하면서 그녀는 새사람이 되었고, 자신의 경험을 바탕으로 다른 이들이 비슷한 수렁에 빠지지 않도록 도와주고 있었다. 그녀는 의미 있는 삶을 살고 있었다. 그게 가장 큰 보상이었다. 펠리샤는 자신의 상황과 자신의 재활 과정을 이해하는 사람이었고, 이제 그녀는 자신이 이해한 것을 다른 사람들에게 전하고 있었다.

사건 기각!

당신의 이야기를
들려주세요

법정에서 나는 삶의 무게를 짊어진 사람을 많이 보았다.

켈리 프루타토는 아이가 넷 있는 싱글맘이었다. 켈리와 아이들은 집이 화재로 타서 3개월째 호텔에서 지내고 있었다. 그러다 신호 위반 딱지를 떼였는데, 죽어가는 할머니를 보러 가다 서둘렀기 때문이다.

누구에게나 버거운 상황이다. 판사로서 나는 어떤 판결을 내려야 했을까? 신호 위반 범칙금을 최대로 청구해야 했을까? 그러면 그녀에게 부담을 더해주는 것 외에 무슨 의미가 있을까?

당신이 법복을 입고 있는 판사라고 생각해 보라. 어떻게 하겠는가?

나는 딱지를 기각했다. 그리고 퀠리에게 굴하지 말라고 했다. 다 좋아질 거라고 믿고 그날이 올 때까지 힘을 내서 견디라고 했다.

어느 날 아침 찰리 더글러스라는 여성이 법정에 찾아왔다. 딱지에 관해 이야기하기 전에 그녀는 내게 말했다. "어렸을 적에 주립 보육원에서 자랐어요. 에드워드 디프렛 주지사와 앤서니 솔로몬 주 재무장관이 옷이랑 생활용품 비용을 대줬고, 그래서 제가 정말 좋은 사람이 되었죠. 저는 간호조무사가 됐어요. 저는 제 일을 사랑하고, 정말 잘해요."

찰리는 보육원에서 같이 자란 아이들 중 결국 좋은 상황에 놓이게 된 건 그녀뿐이었다고 말했다. 그녀는 마침내 좋은 가정에 입양되었다.

"저는 정말로 운이 좋았어요. 정말 관심을 기울여주는 가정에 입양됐거든요. 그전까지 제 인생에는 온통 제게 끔찍하게 구는 사람들뿐이었어요." 그녀는 몇몇 입양 가정에서는 "내가 누구인지가 아니라, 내게 무슨 일이 일어나는지가 삶을 결정했다"고 이야기했다. 찰리는 어릴 적 한 가정은 그녀를 개집에 두었다고 했다. 개집에 앉아 있으면서도 찰리는 신에게 기도하곤 했다. 절대 포기하지 않았다.

찰리는 고향인 로드아일랜드주 워런시에서 멘토가 되려고 생각 중이라고 말했다. 나는 찰리에게 자신의 인생 경험을 바탕으로 훌륭한 멘토가 될 거라고 말했다.

"하느님이 우리에게 주신 건," 찰리는 말했다. "사랑뿐이었어요… 우리는 서로 사랑해야 해요."

나는 젊은이들에게 어떤 조언을 하고 싶냐고 물었고 그녀는 이렇게 답했다. "흔들리지 마세요, 그리고 희망을 버리지 마세요. 멈춰서 귀 기울이면 당신이 찾고 있는 것이 다가올 거예요."

내가 그녀의 딱지를 어떻게 처리했는지는 굳이 말하지 않아도 될 것이다. 당신의 아이 혹은 손주들이 어려움에 부닥쳤을 때 그들에게 찰리에 대해, 찰리가 어떻게 훌륭한 사람이 되었는지 이야기해 주길 바란다.

판사라는 직업이 주는 특권 중 하나는 믿을 수 없이 힘겨운 삶을 살아온 사람을 만나고 때로는 그들을 도울 기회가 있다는 것이다. 법정에 선 예세니아 페르난데스라는 여성의 삶은 무척 고달팠다.

그녀는 10년 전에 발부된 5건의 주차 위반 딱지가 있었는데 그전까지는 법정에 나오지 않았다.

"딱지는 전부 제 잘못이에요." 그녀는 말했다. 그리고 자신은 '늘 허둥지둥' 살았다고 말했다.

그녀가 13살 때 어머니가 집에서 쫓겨났고, 그 이후로 프로비던스 곳곳을 전전하며 지냈다고 했다. 그녀는 검정고시를 통과했고 당시 부업을 하고 있었다. 3년 동안 미국자동차협회에서 일하다가 그만둔 후 장애인 거주 시설에 사는 지적 장애인들을 돕는 일을 하게 됐고, 부업으로 던킨도너츠에서도 일했다. 그녀에게는 19살과 12살 아들 둘이 있었다. 예세니아는 보호소에서 지내다가 이제는 아파트에서 아이들과 함께 살고 있었다. 그리고 만나는 사람이 있었는데 상대의 데이트 폭력으로 삶이 한층 더 불안정해졌다고 했다.

여기 노숙자였고 데이트 폭력의 희생자였던 여성이 있다. 하지만 이런 고난에도 불구하고 그녀는 다른 사람도 웃게 만드는 미소와 긍정적인 태도, 자신의 삶을 바로잡겠다는 강력한 의지를 가지고 법정에 왔다. 나는 그녀의 고결하고 강인한 성품 앞에 진심으로 겸허해졌고, 그녀가 10년 전의 주차 위반 딱지에 발목을 잡힐 필요는 없다고 판단했다. 나는 10년 전 딱지들과 그녀가 노숙자일 때 떼였던 주차 위반 딱지를 기각했다.

그녀에게는 속도위반 딱지도 6건이 있었다. 그중 셋은 속도제한을 약간 넘긴 것에 불과했다. 나는 이 딱지들도 기각했다. 남은 세 딱지의 범칙금은 총 250달러였다. 필로미나 기금에서 100달러를 지원해 줄 수 있었기 때문에, 그녀의 범칙금은 150

달러로 줄었다. 시간을 두고 납부할 수 있는 금액이었다.

나는 예세니아와 비슷한 수많은 사람들이 법정에 출두해 위반이 일어난 상황을 설명하면서 카타르시스를 느끼는 것을 목격했다. 그들은 단순히 사실을 설명하는 것이 아니다. 누군가가 내 이야기에 귀 기울이는 경험을 하는 것이다. 그러면서 사람들이 내게 주목하고 내 이야기에 귀 기울이는 것에서 얻는 힘을 느끼게 된다. 여러 사람이 왜 주차 위반 딱지를 떼였는지 이야기하면서 자신의 개인적인 문제도 솔직히 털어놓았다. 그리고 그렇게 이야기하고 나서는 기분이 한층 나아지는 걸 느꼈다. 그 모습을 지켜보고 있으면 마음이 찡해졌다. 법정에서 내 앞에 선 사람에게 내가 하는 말이 영향을 미치는 것을 보는 것도 마찬가지로 감동적인 경험이었다.

미국 사법제도는 많은 장점과 가끔 보이는 약점을 가지고 있지만, 긍정적인 결과로 이어지는 공정한 절차를 제공해 사람들이 문제를 해결하고 앞으로 나아갈 수 있게 해준다.

예세니아의 이야기는 가장 강한 철은 가장 뜨거운 불에서 만들어진다는 사실을 우리 모두에게 일깨워준다.

어려운 결정을
내려야 할 때

앞서 말했듯이 판사로서 나는 내 앞에 선 피고인의 입장에서 그들이 법정까지 오게 된 상황을 이해하려 노력했다. 그러다 보면 가끔은 피고인에게 자신과 타인에 대해 어려운 결정을 내려야 한다는 냉혹한 진실을 말해줘야 할 때도 있었다.

생각나는 사례가 하나 있다. 모하메드 나짐의 사건이다. 그는 빨간불 신호 위반 두 건으로 내 법정에 출석했다.

그중 하나는 실제로 빨간불에 달리기는 했지만, 위반이 발생한 지점에서 그가 우회전을 금지하는 빨간불을 볼 수 있었는지가 명백하지 않았다.

다른 한 건은 훨씬 더 심각했다. 사건 영상을 보니 모하메드는 빨간불에 달리다가 다른 차에 치일 뻔했다. 사고가 일어나지 않은 건 천운이었다.

"위험했네요." 모하메드는 말했다. 하지만 그는 그날 무슨 일이 있었는지 내가 이해해 주기를 바랐다.

모하메드는 2011년부터 오랫동안 일을 하지 못했다고 말했다. "암 투병을 해왔어요." 그는 말했다. "그러다 좀 괜찮아진 것 같아서 우버 운전자로 일하고 있었어요." 아내가 운전하는 동안 핸드폰을 손에 쥐지 말라고 차량용 스마트폰 거치대를 주었다. 그런데 송풍구에 설치한 거치대가 계속 떨어졌다. 그는 그때도 거치대가 떨어져서 신호를 보지 못하고 지나갔다고 설명했다. 당시 운전속도도 빠르지 않았고 신호 위반을 깨닫자마자 멈췄다고 말했다.

모하메드는 자신이 빨간불에 달릴 사람이 아니고 너무 오래 일을 쉬다 보니 그랬을 뿐이라고, 자신이 다시 일을 하려 노력했다는 사실을 참작해 달라고 부탁했다. 그는 우버 운전은 이제 그만둘 거라고 했다. "할 수가 없어요." 그는 말했다. "여전히 투병 중이라서요."

나는 그의 사정을 이해했지만, 신호를 위반했을 때 자신뿐 아니라 다른 사람들의 안전까지 위험에 빠뜨렸다는 사실을 알게 해야 했다. 첫 번째 딱지는 기각했지만, 거의 사고가 될 뻔한 두 번째 위반은 눈감아줄 수 없었다. 나는 그에게 신호 위반으로

85달러의 범칙금을 청구하고 이 범칙금을 통해 그가 자신이 안전운전이 가능할 만큼 회복되지 않았다고 깨닫기를 바랐다.

언제 운전을 그만둘지 결정할 때 다들 감정에 휩쓸리곤 한다. 미국에서 운전은 곧 자립을 의미한다. 그러다 보니 운전을 못 하면 자립할 수 없다는 생각에 자신은 물론 주변 사람에게도 위험해질 때가 훨씬 지난 뒤에도 차를 몰고 도로를 누비는 사람이 많다.

우리는 자신을 이해하고, 자신이 지금 삶의 어느 단계에 있는지, 언제 운전을 그만둬야 하는지 알아야 한다. 운전하지 못한다고 해서 인생이 끝나는 건 아니다. 그저 새로운 단계에 들어선 것뿐이다.

사랑하는 사람 중에 운전해서는 안 될 것 같은 사람이 있다면 운전을 그만두는 것이 상실이 아니라 이해가 필요한 변화라고 설명해 보라. 가고 싶은 곳에 갈 수 있게 도와주는 지원 시스템이 있으니 계속 사람들을 만나면서 활동적으로, 그리고 무엇보다도 안전하게 살 수 있다고 안심시켜 주는 것이다.

내가 가진 것을
타인을 위해 쓰는 법

나를 판사로 아는 사람들 대부분은 모르겠지만 내 인생에서 가장 재미있었던 시기는 권투 프로모터로 활동한 때였다. 아직도 이때를 떠올리면 기분이 좋아진다.

권투 프로모션은 가족 사업이었다. 동생 조와 아들 존이 권투 영상을 찍고 데이비드와 내가 아나운서 역할을 했다. 우리는 7년 동안 20여 건의 경기를 주최했다.

가장 기억에 남는 시합 중 하나는 내러갠싯에서 열린 시합이었다. 우리는 이 시합을 대대적으로 홍보했다. 시합을 소개하며 이렇게 말했던 게 기억난다. "손에 땀을 쥐는 경기입니다. 흥분과 기대가 극에 달했어요. 분위기가 후끈 달아올랐습니다."

그날 시합의 도전자 중 한 명은 로드아일랜드 출신이었다. 이름은 아서 사리베키안으로 아르메니아의 암살자라고도 불렸는데, 세계 챔피언도 노릴 수 있을 만큼 실력이 뛰어났다. 그는 강했고 많은 상대를 케이오로 이겼다. 잘생긴 데다 몸도 무척 튼튼했다. 그리고 그에게는 서로 유대가 깊은 가족이 있었다. 특히 아버지 로버트는 항상 시합을 보러 오곤 했다.

그런데 오랜 시간이 지난 후 사건을 심리하는 중에 아서 사리베키안이 나타났다. 어떻게 지내냐고 묻자 그는 곧바로 이렇게 대답했다.

"완전히 엉망이에요."

아서의 사건은 그날의 마지막 사건이었고, 의리 있고 친절하고 헌신적으로 일해서 내가 가족처럼 여기는 사이먼 사르키시안이 심리 후에 아서와 이야기를 나누었다. 그들은 모두 아르메니아계였고 수십 년 동안 아는 사이였다.

아서는 사이먼에게 현재 실업자에 차에서 생활하는 노숙자이며 아무런 희망이 없다고 말했다. 그렇게나 강했던 아서는 이제 쇠약해져 있었다. 그의 생각이 머리에서 떠나질 않았고, 분명히 내가 도움을 줄 수 있을 거라는 생각이 들었다.

그래서 일요일 저녁 시간에 가족들에게 우리가 어떻게 아서를 도우면 좋겠냐고 물었다.

동생 조와 아들 데이비드는 아서와 함께 점심을 먹으면서 그의 상황을 더 자세히 알게 되었다. 아서는 더 이상 신중하고 명료한 사고를 하지 못하는 것이 분명했다. 머리에 가해진 수많은 타격이 결국 뇌에 손상을 일으킨 듯했다. 그의 전 매니저와 권투 코치를 만나 이야기를 나눴는데, 그들은 아서의 선수 생활이 끝장난 것은 어느 고약한 프로모터가 그를 헤비급 선수들의 '샌드백'으로 사용했기 때문이라고 생각했다. 그 결과 아서는 지나치게 많은 타격을 당했다.

아서는 차에서 생활하고 동네 공원 옆에 차를 세워두고 잠을 잤지만 술을 마시거나 약을 하지는 않았다. 범죄 기록도 없었고 일을 하고 싶어 했다.

당시 그의 인생에서 가장 큰 문제는 그렇게 가깝던 아버지와의 관계가 무너진 것이었다. 어머니가 돌아가시고 나서 아버지 로버트는 그를 실망시켰다. 아서의 매니저는 말했다. "아서는 아버지에게 무척 화가 나서 사람들에게 '나는 가족이 없다'고 말하고 다닙니다."

우리는 아서의 문제를 장기적으로 해결하려면 재정적 지원에 그쳐서는 안 되고 가족 문제도 해결해야 한다는 것을 깨달았다. 먼저, 우리 가족은 아서가 일자리를 얻을 수 있게 돕기로 했다. 아서는 아직 몸이 건강하니 일을 할 수 있었다. 그리고 그가 차에서 자지 않고 임시 거처에서 지낼 수 있게 돕기로 했다. 둘 다 쉬운 일은 아니었지만 아버지와의 관계를 회복하는 것에 비하면 아무것도 아니었다. 아서에게 힘의 원천은 항상 가족의 끈끈한 유대였다. 우리는 아서가 그 유대를 다시 쌓을 수 있게 도와야 했다.

먼저 그의 아버지 로버트부터 만났다. 사이먼이 로버트와 앉아서 아직 아서를 믿느냐고 물었다. 로버트는 그렇다고 말했다. 그래서 우리는 다음 날 오후 5시에 내 사무실로 와달라고 했다. 사실 모든 문제를 해결할 마법의 지팡이를 갖고 있는 사람은 없다. 아서와 아버지를 화해시키려다가 오히려 서로 더 비난하고 마음을 상하게 해서 역효과만 일으킬 수도 있었다. 하지만 아서를 이대로 둘 수는 없었기에 시도해 볼 가치는 있었다.

아서의 아버지가 먼저 도착했다. 나는 로버트에게 과거에 아들을 얼마나 믿었는지 떠올려 보라고 했다. 그리고 그때와는 상황이 완전히 달라졌다고 솔직하게 말했다.

로버트는 정신 차리라고 할 때마다 아들이 화를 냈다고 말했다. 나는 나두 아이가 다섯이나 있고 자식을 대하기가 얼마나 어려운지 안다고 설명했다. "누구든 살다 보면 쓰러질 때가 있어요. 문제는 다시 일어설 수 있느냐죠."

아서는 사무실에 들어오다 아버지를 보고 놀랐고, 아버지와 같은 공간에 있는 것을 불편해했다.

나는 아서에게 말했다. "오늘은 앞으로 남은 인생의 첫날이에요." 나는 두 사람의 관계를 회복하기 위해 아주 사소한 거라도 우리가 할 수 있는 일이 있느냐고 물었다.

"아버지가 갈 곳 없을 때," 아서는 아버지에게 말했다. "저는 제 아파트에서 지내시게 하고 돈을 드리고 할 수 있는 건 다 해드렸어요. 그런데 제가 아버지를 필요로 할 때 아버지는 저를 위해 뭘 하셨죠?"

로버트는 변명했다. "너는 모두의 삶에서 사라져 버렸다. 그러니 내가 무슨 수로 너를 찾을 수 있었겠니? 안타까울 뿐이다."

아서는 답했다. "부끄러운 줄 아셔야죠."

부자는 갑자기 서로에게 달려들었다. 나는 깜짝 놀랐다. 아버지와 아들 사이의 골이 이렇게 깊을 거라고는 상상도 못 했다. 상황이 좋지 않았다.

일단 다들 진정하라고 했다. 그리고 로버트에게 아서를 사랑하느냐고 물었다. 그는 그렇다고 했다. 그래서 아서에게 그렇게 말해주라고 했다.

"사랑한다." 로버트가 말했다.

"아버지는 저를 사랑하지 않아요." 아서가 말했다. "도저히 이해가 안 돼요. 아버지는 제게 손을 내밀었다가 눈 깜짝할 사이에 다시 뿌리쳐요. 저는 아버지의 장난감이 아니에요."

누군가를 더 많이 사랑할수록 사이가 멀어졌을 때 느끼는 상처가 더 크다는 것이 명백하게 보였다.

“나도 실수하고 싶어서 한 게 아니다.” 로버트가 말했다. “나도 그냥 평범한 사람이고 나는….”

“하지만 아서는 3년 동안 노숙자였어요.” 나는 말했다. “그리고 당신은 그의 삶에 없었죠. 그래서 아서가 저렇게 상처받은 거예요.”

“네, 알고 있습니다.” 로버트는 말했다. 그리고 아들을 돌아보았다. “아서, 들어봐라. 나는 너를 사랑한다. 늘 그랬어. 사과하마. 미안하다. 용서해다오. 그렇게 해줄 수 있겠니?”

아서의 눈에 눈물이 그렁그렁 차올랐다.

나는 아서에게 아무것도 약속하지 말고 그저 마음을 계속 열어두라고 부탁했다.

“선생님을 위해서라면 그렇게 할게요.” 그러고 부자는 포옹했다. 처음으로 한 가닥의 희망이 보였다. 아주 조금일지는 몰라도 어쨌든 그들은 서로에게 다가갔다.

❖ ❖ ❖

그 후 우리 가족은 힘을 모아 다른 쪽으로 도움을 주었다. 딸 마리사는 친구 도나와 빌 베넬에게 아서의 사정을 이야기했다. 그들이 소유한 집에는 근사한 방 하나가 비어 있었다. 그들은 아서가 그 방에서 지낼 수 있게 해줬다. 아들 데이비드는 로드아일랜드 노동자 국제연맹을 이끄는 마이클 사비토니에게 연락해 아서와의 약속을 잡아주었다.

아서를 만난 후 연맹에서는 그에게 시급 25달러에 건강보험, 야근수당, 연금을 포함한 여러 혜택이 따르는 조합의 보수관리 부문 일자리를 찾아주었다.

아서는 그를 위해 나서서 도와준 사람들에게 감사해했고 겸손해졌다.

"저는 저를 도우려는 사람이 이렇게 많을 줄은 정말 몰랐어요." 아서는 말했다. "살면서 별로 행복하다고 느낀 적이 없었어요. 하지만 이제 이 사람들을 모두 가족으로 생각해요. 100퍼센트로요."

아서는 좋은 사람이었다. 인생에 한 방 맞아 잠시 쓰러졌을 뿐이었다. 그에게는 이 상황을 벗어날 길이 보이지 않았다. 자기 인생을 내팽개쳤고, 아버지를 비롯한 모두와 연을 끊었고, 도와주지 않았다고 아버지를 비난했다. 그리고 아버지에게 앙갚음이라도 하듯 자기 힘으로 일어나려 하지 않았다.

아서가 도움을 청할 마음을 먹고, 아버지를 용서할 수 있게 되자 그는 다시 건설적인 삶으로 돌아갈 길을 찾았다.

아서는 하루도 빠지지 않고 일을 나갔고, 금세 베넬 부부에게 집세를 낼 수 있게 됐다. 그리고 가끔 우리 집에 들러 일요일 저녁을 함께하곤 했다.

우리가 아서에게 보여줄 수 있었고 모두가 배웠으면 하는 교훈은 도움을 청하면 거의 항상 도움을 받을 수 있다는 것이다. 그리고 아주 사소한 행동만으로도, 심지어 상대를 걱정하고 있다고 알려주는 것만으로도 누군가의 삶에 커다란 변화를 일으킬 수 있다는 것이다.

아서의 상황을 해결하기 위해 우리 가족과 베넬 가족 같은 이들의 많은 도움이 필요했지만, 그 틈을 메우고 새로운 길을 만들려면 아서의 아버지와 아서 자신이 서로를 이해해야 했다.

어떤 사람이 되고 싶은가

내게 가장 깊은 감동을 주었던 호세 히메네스의 사건으로 이 책을 마무리 지으려 한다. 그는 몇 년 전 법정에 출석했다. 주차 위반 딱지가 두 건 있었는데 하나는 최근에, 하나는 5년 전에 발부된 것이었다.

그는 5년 전에 받은 딱지가 있다는 걸 몰랐다. 최근에 딱지를 떼인 이유를 설명하면서 그는 조경 사업을 하고 있는데 딱지가 발부된 차량은 일에 사용하는 트럭이라고 했다. 어느 날 밤늦게 돌아온 호세는 집주인이 파티를 벌여서 건물에 주차할 곳을 찾을 수 없었다. 소란을 피우는 대신 그는 길가에 차를 주차하기로 했다. 법적으로 야간 주차가 허가된 곳이 아니어서 이따가 다시 나와 차를 옮기기로 했다. 그런데 집에 들어가 저녁을 먹고 나니 너무 피곤해서 소파에서 잠이 들어버렸다. 일어나서 나가 보니 트럭에는 이미 딱지가 붙어 있었다.

호세는 이미 딱지 범칙금 20달러를 지불했지만 시에서 연체료로 더 많은 금액을 청구했다고 말했다. 그는 이미 범칙금을 납부했다는 사실을 내가 인정해 주기를 바라고 있었다.

나는 그에게 서류에 따르면 딱지 범칙금은 납부되었다고 말했다. 벌금이 있었지만 기꺼이 면제해 줄 의향이 있었다. 나는 그에게 말했다. "이제 가도 됩니다."

그런데 호세는 머뭇거렸다. 내게 할 말이 있었던 것이다. "제 인생에 대해 말씀드리고 싶어요"라고 그가 말했다.

"감사하다는 말씀을 드리고 싶습니다." 호세가 말했다. "20년 전 저는 불량소년이었어요."

알고 보니 그가 내 앞에 선 건 이번이 처음이 아니었다. 20년 전 그는 나쁜 길에 빠진 적이 있었다. 매달 속도위반 딱지를 비롯해 여러 위반으로 법정에 출석했다.

나는 물론 그를 알아보지 못했다. 호세를 처음 만났을 때 그는 18살이었고 너무 오랜 세월이 흘렀다. 나는 당시 그에게 했던 조언이 정확히 기억나지도 않는다. 그와 같은 상황에 있는 많은 청년에게 같은 조언을 했기 때문이다.

그의 기억에 따르면 당시 나는 나쁜 길에 빠져드는 청년들에게 했던 조언을 그에게도 건넸다. 나는 그들에게 이렇게 물었다. "어떤 사람이 되고 싶어요?"

가끔 18살의 그에게 했던 것처럼 이런 말을 덧붙이기도 했다. "내가 보기에는 당신은 세 가지 미래 중 하나를 선택할 수 있어요. 결국 죽을 수도, 감옥에 들어갈 수도, 중요한 사람이 될 수도 있죠. 선택은 당신 몫이에요."

"저는 중요한 사람이 되고 싶다고 말했어요." 호세가 눈물을 글썽이며 말했다. 그 후 그는 대형면허를 따서 트럭 운전사가 되었고, 16년 전 미국 시민권도 취득했다. 그는 울먹이면서 주머니에서 여권을 꺼내 내게 보여주었다.

호세는 내 말 한마디가 그의 인생을 바꿨다는 사실을 알려주었다. 20년 전 그는 내 법정을 나서면서 중요한 사람이 되기로 결심했고, 결혼해서 아이를 낳고 안정적인 직장을 가지고 사업도 하는 사람이 되어 20년이 지난 지금 여기 나타났다. 그는 조경회사를 운영하고 있었고 사업은 잘되고 있었다. 그는 성실히 일하면서 잘 살고 있었다.

이 이야기가 주는 중요한 교훈은 때로 사람은 선택을 내려야 하는 분기점에 서게 되는데, 그때 누군가가 어깨에 손을 얹어주는 것만으로도 옳은 길을 선택할 수 있다는 것이다. 그게 전부다. 그것만으로도 큰 변화를 일으킬 수 있다. 물구나무서기를 할 필요도 없고, 수백만 달러를 줄 필요도 없다. 때로는 그저 누군가에게 다른 길이 있다고, 당신이 다른 길에 서 있는 모습이 보인다고 말해주기만 하면 된다.

나는 그에게 판사석으로 오라고 했고 우리는 포옹했다.

20년 전 그날, 나는 그의 어깨에 손을 얹었다.

아내 조이스가 없었다면 나는 아무것도 이룰 수 없었을 것이다. 그리고 내 아이들, 프랭크, 존, 마리사, 폴이 없었다면 내가 이룬 것들에 아무런 의미도 없었을 것이다. 동생 조가 없었다면 「프로비던스에서 잡히다」는 존재하지도 않았을 것이다.

용감하게 이탈리아를 떠나 프로비던스에 정착한 조부모님께 감사드린다. 그리고 우리 가족이 여기서 누릴 수 있었던 삶을 생각하며 내가 사랑하는 도시 프로비던스와 우리 동네 페더럴 힐에 감사한다. 프로비던스 시민들에게도 진심으로 감사를 표한다. 그리고 프로비던스 지방법원을 전 세계에 반향을 일으킨 희망과 연민의 정의를 실현하는 등불로 만들어준 모든 이들에게 감사한다.

내가 이 책을 쓰는 동안 이끌어준 아테나글로벌어드바이저스의 매기 윌킨슨과, 글을 쓰는 데 도움을 준 아들 프랭크와 데이비드, 내 이야기와 법정에 출두한 놀라운 사람들에 관해 이야기하도록 도와준 톰 타이콜츠에게도 감사를 전한다. 내 에이전트 데이비드 빌리아노와 벤벨라북스의 팀에게도 감사를 전하고 싶다. 이 책이 성공한다면 그들 덕분이고, 실수나 문제가 있다면 다 내 탓이다.

법정에서의 연민은 수천 명의 삶을 변화시켰다. 나는 경험했다. 삶에서 연민을 갖는 것은 커다란 변화의 힘을 가지고 있다는 것을.

사진으로 남은 기록들

❶ 나는 출연자로 법정에 있는 것이 아니다. 내 역할은 공정한 판결을 내리는 것이다.
❷ 나는 누구에게도 법전을 던진 적이 없다!

❸ 2022년에 이탈리아의 테아노를 방문해 아버지 텁이 부모님과 네 명의 형이 함께 살았던 집을 보
  았다.
❹ 외할머니 마리아 델로 라코노와 나(왼쪽) 그리고 형 안토니오 주니어(오른쪽)

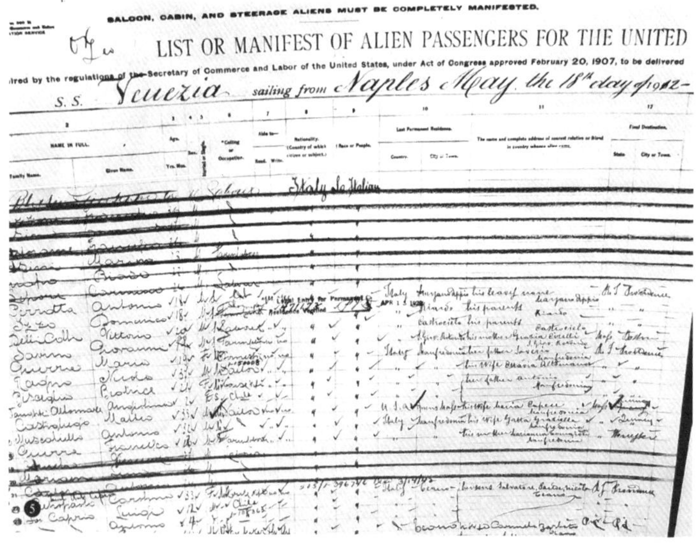

❺ 베네치아호의 선객 명단에는 할머니 카롤리나 피에트로파올로, 큰삼촌 루이지, 아버지 안토니오 주니어의 이름이 포함되어 있다. 이들은 1912년 5월, 이탈리아 나폴리에서 출항해 로드아일랜드 프로비던스에 도착했다.

❻ 로드아일랜드 프로비던스의 지금은 카프리오 빌딩이라고 불리는 건물 앞에서 손자를 목욕시
키는 할머니 카롤리나 카프리오

❼ 테아노 출신 부인회를 이끄는 카롤리나 카프리오(왼쪽에서 4번째)

❽ 후드사의 우유배달복을 입은 아버지 텁

❾ 1928년경 행상 수레에 걸터앉은 아버지

❿ 1944년경 한 생일 파티에서. 멜빵바지를 입은 아버지 앞에 단추를 끝까지 잠근 흰 셔츠에 넥타이
를 매고 양복을 입은 형 안토니오가 있고 그 옆이 어머니다.

⑪ 고등학교 주 선수권 대회에서 레슬링하는 모습
⑫ 로드아일랜드주 챔피언이 된 우리 레슬링팀

⑬, ⑭ 우리의 결혼식

⑮ 우리 가족

⑯ 1962년 프로비던스 시의원 선거에서 예상을 뒤엎고 당선돼 축하하는 모습. 아래 왼쪽이 아버지 팁, 아버지 뒤가 윌리엄 삼촌, 윌리엄 삼촌 오른쪽이 "피피" 삼촌, 내 오른쪽은 사촌 빌리, 내 왼쪽은 동생 조다.

⓱ 내 형제 앤서니(가운데)와 조

⓲ 동생 조는 27년간 내 법정을 촬영했다.

⑲「프로비던스에서 잡히다」는 2021, 2022, 2023, 2024년 데이타임 에미상 후보에 올랐다.

⑳ 앤지 체서와 함께
㉑ 빅터 콜렐라와 함께

㉒ 내 형제 앤서니(왼쪽)와 조(오른쪽) 그리고 아버지 텁과 함께

❷❸ 1966년경 페더럴힐의 민주당 선거운동본부에서 이웃들과 함께

❷❹ 마크 와이너는 선거운동본부에 찾아와 떠나지 않았다. 1973년경 찍은 이 사진에서 마크의 등에 아이들이 올라타 있다.

, 제리 브라운의 선거운동

27 친한 친구이자 동업자인 짐 켈소
28 현재 코스트가드하우스 동업자인 밥 리어나도(왼쪽)와 조 포미콜라(오른쪽)

㉙ "아르메니아의 암살자" 아서 사리베키안과 함께

③⓪ 호세 히메네스와의 악수

옮긴이 **이혜진**

영국 워릭대학에서 국제정치학을 전공했다. 우리말과 외국어를 함께 다루는 번역에 매력을 느껴 글밥아카데미 수료 후 바른번역 소속 번역가로 활동하고 있다. 국제정치와 세계사를 특히 좋아하고, 전반적인 사회과학과 인문과학 분야에 두루 관심이 있다. 옮긴 책으로는 《19세기 귀족 연감》, 《러시아 내전》, 《일단 앉아볼까요》, 《호루라기에 너무 큰 돈을 쓰지 마라》, 《불평등의 담론》 등이 있다.

연민에
관하여

초판 1쇄 발행 2026년 3월 18일

지은이 프랭크 카프리오
옮긴이 이혜진
펴낸이 김선준

편집이사 서선행
책임편집 이주영 **편집1팀** 김송은, 천혜진
디자인 김세민
마케팅팀 권두리, 이진규, 신동빈
콘텐츠본부장 조아란
콘텐츠팀 이은정, 장태수, 권희, 박미정, 조문정, 이건희, 박지훈, 송수연, 김수빈, 현유진, 정지호
경영관리팀 송현주, 윤이경, 임해랑, 정수연

펴낸곳 ㈜콘텐츠그룹 포레스트 **출판등록** 2021년 4월 16일 제2021 - 000079호
주소 서울시 영등포구 여의대로 108 파크원타워1, 28층
전화 02)332 - 5855 **팩스** 070)4170 - 4865
홈페이지 www.forestbooks.co.kr
종이 ㈜월드페이퍼 **출력·인쇄·후가공** 더블비 **제본** 책공감

ISBN 979-11-94530-91-6 (03810)

㈜콘텐츠그룹 포레스트는 독자 여러분의 책에 관한 아이디어와 원고 투고를 기다리고 있습니다. 책 출간을 원하시는 분은 이메일 **writer@forestbooks.co.kr**로 간단한 개요와 취지, 연락처 등을 보내주세요. '독자의 꿈이 이뤄지는 숲, 포레스트'에서 작가의 꿈을 이루세요.